六爻壹·鹏程万里

Priest / 著

北京时代华文书局

图书在版编目（CIP）数据

六爻壹·鹏程万里 / Priest 著. -- 北京 : 北京时代华文书局, 2017.12
ISBN 978-7-5699-1892-2

Ⅰ. ①六… Ⅱ. ①P… Ⅲ. ①长篇小说—中国—当代 Ⅳ. ①I247.5

中国版本图书馆 CIP 数据核字（2017）第 276058 号

六爻壹·鹏程万里

LIUYAO YI PENGCHENGWANLI

著　　者 | Priest

出 版 人 | 王训海
选题策划 | 赵　雷
责任编辑 | 张　科
特邀策划 | 码　码　李姣姣
装帧设计 | 商块三　西　少
责任印制 | 刘　银　姚　春

出版发行 | 北京时代华文书局 http://www.bjsdsj.com.cn
北京市东城区安定门外大街 136 号皇城国际大厦 A 座 8 楼
邮编：100011　电话：010－64267955　64267677　57735442
印　　刷 | 北京盛通印刷股份有限公司　010－52249888
（如发现印装质量问题，请与印刷厂联系调换）
开　　本 | 880mm×1250mm　1/32　印　　张 | 8.25　字　　数 | 141 千字
版　　次 | 2018 年 6 月第 1 版　印　　次 | 2018 年 7 月第 2 次印刷
书　　号 | ISBN 978-7-5699-1892-2
定　　价 | 55.00 元

目录

第一章

斩断尘缘

程二郎十岁那年，家里来了个神道的老道，自称同二郎有缘，他爹听说这缘分值纹银二两，喜出望外，当场做主，将他卖给了道士。

今年年景不好，几个月没下一滴雨，眼看着就是颗粒无收的一场大荒。年前程二郎的娘又生了小弟，小弟生得艰难，他娘产后一直虚弱得下不了床，家里少了一个能干活的劳力，多了个整天吃药的病秧子，本就不富裕，一时间更加捉襟见肘。老大学徒已有一年半，再过上几个月，就能让家里见着回头钱，是程家的指望，老幺尚在襁褓之中，做爹娘的割舍不下，只剩下中间一个二郎，纯属多余，叫人买了，到底也有个去处。

二郎临走的时候，他的亲娘破天荒地下了床，红着眼塞给他一个小包裹，里头是几件换洗衣服并一打发面饼子。衣服不必说，自然是他大哥穿不了改的，饼是他爹头天后晌连夜做的。

做娘的看着年仅十岁的幼子，忍不住在袖口掏了掏。程二郎见她哆哆嗦嗦地摸出了一吊铜钱，颜色晦暗的铜钱突然将二郎冷漠的心弦拨动了一下，他像只冻僵的小兽，在冰天雪地里耸动鼻尖，嗅到了一点儿娘的味道。可那一吊钱叫他爹瞧见了，男人在旁边重重地咳嗽了一声，女人便只好又含着眼泪，将铜钱揣了回去。于是"娘的味道"就如镜花水月，忽悠一下，没有容二郎闻个真切，就烟消云散了。

"二郎来。"他那没滋没味的娘拉了他的手，将他领到里屋，在床沿上坐下，指着屋顶上吊着的小油灯，问道，"二郎，你知道那是什么？"

程二郎漠然地抬头看了一眼，答道："仙人长明灯。"

这貌不惊人的小灯，是他们程家的传家之宝，相传是二郎太奶奶的嫁妆。巴掌大的一盏，古朴的乌木底座上刻着几行符咒，没有灯芯，也不用灯油，它就能自行发光，长长久久地照亮那一尺见方的地方。

程二郎一直想不通，这玩意儿除了夏天招虫外还有什么用途，不过仙人之物么，向来不必有什么实际用途，只要在街坊邻里串门时能显摆一二，对于乡野村夫而言，它就是个可以世代相传的宝贝疙瘩了。

所谓“仙器”，就是“仙人”刻了符咒的东西，凡夫俗子仿也仿不来，仙器品类众多，用途更是五花八门，有不用添油的灯、不怕火烧的纸，诸多种种，不一而足。有那富贵人家用的饭碗外画着仙人撰写的符咒，可以避百毒，打碎了以后，一个瓷片就要四两黄金。

“仙人”，其实就是“修真之人”，也称“道人”或者“真人”，据说他们以引气入体、沟通天地为入门，倘或修为再深些，还可以辟谷不食、上天入地，乃至于长生不老、渡劫成仙。

种种传说有鼻子有眼，但真仙人谁也没见过，好仙器更是千金难得。

程家娘子弯下腰，殷殷地看着二郎，近乎讨好地温声问道：“等二郎学成归来，也给娘做一盏长明灯好不好？”

二郎没有回答，掀起眼皮看了她一眼，心里凉薄地想道：想得美，你今天把我送出门，以后我不管学成学不成，是死是活、是猪是狗，都绝不会再回来看你一眼。

程家娘子一怔，发现这孩子不像父母，倒有点她娘家大哥的影子。她大哥是她家祖坟上冒出来的一小缕青烟，从小不像农家子，长了个眉目如画的模样，父母倾家荡产供他读书，十一岁就考上了秀才，人都说她家落了个文曲星。可文曲星大概是不愿在人间久留，还没来得及考上举人，就病得一命呜呼。大哥死的时候，程家娘子还小，有些印象已经模糊了，现在忽然回忆起来，想他在世的时候，仿佛也是这样，有一副天生地长的城府，不管心里是欢天喜地还是怒火蓬勃，都只是这么轻描淡写的一眼，矜持得不动声色，又让人心生畏惧，怎么都亲近不起来。

她不由自主地松开了手，同时，二郎也好像明白她的疏远，不着痕迹地后退半步。他就这样，温顺且不置一词地将母子两人的生离死别掐了个戛然而止。

就这么着，二郎跟着老道士走了。

老道士自号“木椿真人”，面貌猥琐，瘦得仿佛是三根筋顶着一个脑袋，脑袋上罩着个摇摇欲坠的帽子，领着程二郎，像是个走江湖卖艺的草台班主领着他新拐来的小跟班。

二郎还是个儿童的相貌，内里却已经有了一颗大人的心。沉默地走出几步，他回头看了一眼，见他娘身后背着个破背篓，背篓里是他熟睡的小弟，他爹低头默立在一边，不知是叹气还是愧疚，不肯抬头多看他一眼，像个灰不溜秋的影子。

爹娘对他有养育之恩，可惜他们的恩情半途而废，养育了一半就不要他了，那么充其量也就是功过相抵。爹娘眼里没他，这没什么，把他卖给一个三角眼的老道士，这也没什么。总不过是断了这人事音书，当自己是块天生地长的顽石罢了。

二郎毫不留恋地收回目光，抬头看了一眼牵着他的师父，渺茫的前路像是无边的黑夜，而他手里握着一盏程家传家宝那样的灯——虽是个“仙器”，却依然只能照出脚下几寸的光晕，中看不中用。

出行一般有两种方式：一种叫作“游历”；另一种叫作“流窜”。

二郎跟着他的便宜师父，风餐露宿不说，还要被那老货灌一耳朵歪理邪说，实在是连“流窜”一说也配不上。

那木椿老道自称是个修行的仙人，但程二郎左耳听右耳冒，一个字也不信。

世间异想天开、想要叩问仙门之人，一度多如过江之鲫。先帝时，坊间大小门派好比雨后河坑里的蛤蟆，什么张三、李四、王二麻子，只要家里子孙繁盛不缺崽子的，都一窝蜂地托关系，送娃娃们去“求仙问道”，学一些“胸口碎大石”之类的把式。当时炼丹的人比做饭的人多，诵经的人比种田的人多，好些年一度没人正经读书习武，不事生产的江湖骗子们四处乱窜。最荒谬时，一县之域不过十里八村，修仙门派却可多达二十来个，从东头排到西头，也不知从哪儿买的一本半新不旧的狗屁心法，就敢打着修仙的旗号敛财招人。这些人要是真的都能飞升上天，也不知道南天门装不装得下这许多阿猫阿狗。

连打家劫舍的山匪都要跟着起哄架秧子，将原本那些“黑虎寨”“饿狼帮”改名叫“清风观”“玄心馆”，再弄来一些“油锅取物”“张嘴喷火”之类的戏法，劫道之前先叽喳乱叫地表演一番，通常能将过路人唬得“慷慨解囊”。

先帝爷行伍出身，是个暴脾气的粗人，感觉百姓们照这么乌烟瘴气地修下去，非得国将不国不可，于是一道谕旨下来，要将这些个横行乡里的大小“神仙”统统抓起来，不管真神还是假仙，一律全部发配去充军。这道谕旨没来得及出宫门，满朝重臣就听到了风声，吓得魂飞魄散，连夜从被窝里滚出来，跑到大殿前排好队。官小的在前，官大的压轴，预备挨个撞死在大殿的前柱上，唯恐皇上得罪上仙，断送了国祚。

先帝不便让满朝文武当真肝脑涂地，再者那蟠龙柱也受不了。他老人家被逼无奈，只好收回成命。隔日，先帝令钦天监分出了一个“天衍处”，着太史令直接监管，拐弯抹角地请了几位货真价实的真人坐镇，规定往后大小仙门，需得报经天衍处核实，核实真假后颁发铁券，才能招收弟子，禁止民间私立门派。

泱泱大国，纵横九州，东西千里，南北不通，想要令行禁止，那是不可能的，朝廷连劫道拐卖的都肃不清，哪管得了仙门招不招弟子？真仙门根本不把世俗皇帝放在眼里，该干什么干什么，心虚的江湖骗子们多少收敛了一点，但收敛得有限——什么铁券铜券的，也不是造不了假。

不过先帝的苦心也不算完全白费，朝廷几次三番地折腾、清查、整肃，虽然收效甚微，但民间的修仙热情被削弱了不少，加之邻里远近，没听说过谁真修出什么名堂来，大家也就回归田园，不怎么白日做梦了。到了今上即位，民间修仙风气犹在苟延残喘，疯魔劲却已经过了，今上深知水至清则无鱼，对那些以修仙为名的骗子，大多睁一只眼闭一只眼，民不举官不究。

村里有个久试不第的老童生开私塾，程二郎闲来无事，常常爬上私塾外的大树偷听，这些前因后果老童生都讲过，因此在他眼里，那“木椿真人”就是个老骗子。

木椿真人摸着两撇小胡子，兀自扯淡道：“我派名叫‘扶摇’，你知道什么叫‘扶摇’吗？”

老童生对这些神鬼佛道深恶痛绝，自然是不肯讲的，程二郎受其开蒙，也是满心不屑，偏偏这骗子管饭，因此勉强做出了洗耳恭听的模样。

木椿抬手一指，他这一指仿佛带了什么灵通，所到处，一阵疾风无来由地升起，打着旋，卷着地面枯草腾空直上，枯草凹陷的叶片有一线凌厉的枯黄，被一道天降的闪电照亮，几乎晃花了二郎的眼。

这怪力乱神的灵通一指将小小的少年看得目瞪口呆。

木椿其实也没料到这一变故，当即一愣，但眼见自己唬住了这面和心冷的小崽子，便又不动声色地缩回了手。他将枯瘦的双手揣进袖中，神道地卖弄道："鹏之徙于南冥也，水击三千里，抟扶摇而上者九万里,去以六月息者也——此为扶摇之名的由来，懂了吗？"

二郎不是很懂，对不明力量的敬畏和对旁门左道的不以为然彼此纠缠了一会儿，然后带着不以为然的敬畏，勉强将木椿与他家墙头上的破灯放在了同一位置上，故作懵懂地点了点头。

木椿问道："你有大名没有？"

二郎低眉顺目地摇了摇头。

"我见你资质上佳，将来或有腾天潜渊之能，非池中之物。"木椿一边说，一边掐着手指。片刻后，仿佛算清了二郎一生的兴衰起伏，他拍了板："为师便赐你'潜'字为名，好不好？"

这番鬼话虽然信口开河，但毕竟是好话，程二郎没什么意见，十分爽快地点头道：“是，师父。”

木椿听闻“师父”二字，耳根一动，正打算说什么，谁知天道不肯再给他面子，他嘴还没来得及张开，牛皮已经漏了，只见雷鸣过后，一阵大风气势汹汹而来，兜头将师徒二人面前的篝火灭成了一把死灰，紧接着便是狂风大作，风雨雷电几位大神一同吊起嗓子，从西边喊来了一番来者不善的天色。

木椿再顾不上装神弄鬼，大叫一声：“不好，有大雨！”

他一跃而起，一手扛起行李，一手拎起二郎——程潜，迈开两条芦柴棒一般的细腿，长腿野鸡似的倒起了小碎步，落荒而逃。

雨来得太快，纵使“野鸡”双腿长得非同寻常，也没能免过变成落汤鸡的命运。木椿将程潜揣在怀里，扒下自己的外衫，聊胜于无地罩着怀里的小男孩，一边撒丫子狂奔，一边大呼小叫道：“哎哟，坏了，这雨大的，哎哟，这要往哪躲啊？”

在程潜的一生中，差遣过代步走兽飞禽无数——这恐怕是他坐过的最颠簸、废话最多的一头了。

风雨雷电声与便宜师父聒噪的喋喋不休混成一团，他脑袋上罩着师父的袍子，两眼一抹黑，忽然嗅到那外袍上有一股说不清的木头香。师父一条胳膊将他揽在胸前，腾出一只手，始终护着程潜的头顶，老男人身上条条分明的骨头硌得程潜生疼，然而怀抱与保护却又都是货真价实的。

程潜默默地从衣缝中窥视着雨幕，有生以来，第一次被当成一个孩子，享受到了理所当然的照料。他细细体味了片刻，暗自认了师父，并且单方面地给了木椿真人一道“特赦令”——只要师父不将自己转手卖了，哪怕这位老道满嘴屁话、一肚子旁门左道，他也原谅到底。

程潜乘坐着一匹瘦骨嶙峋的师父，湿漉漉地到了一座破败的道观。

先帝年间，大规模地清理了很多野鸡门派，也留下了不少野鸡门派的“遗迹”，后来都成了无家可归的乞儿们落脚的地方。程潜从木椿的外衫中挣出一个小脑袋，一抬头，就与道观供奉的“大仙”看了个对眼，当场叫那泥做的大仙给吓了一跳——只见那位头上包着两个髻，饼脸无颈、满脸横肉，左右两颊上各有一圈通红，下面一张血盆大口，笑出满口参差不齐的牙。

师父自然也看见了，忙抬起“鸡爪子”遮在程潜的眼睛前，愤然道：“桃红袄子翠绿袍，这样淫邪的打扮竟还好意思在这里吃供奉，修真之人清心寡欲，要时刻注意言行，打扮成这副唱戏的模样，岂有此理！成何体统！”

年幼的程潜由于见识有限，一边不明所以，一边有点震惊——木椿道长这老骗子竟还知道什么叫“体统”。

正在这时，一股缥缈的肉香从破道观后面传来，清心寡欲的师父喉头不由自主地滚动了一下，顿时说不下去了。他一脸古怪地领着程潜转到了淫邪的塑像身后，只见那有个比程潜大不了两岁的小叫花子。小叫花子不知用什么器具，在道观后堂地面上刨了个洞，正在里面烧叫花鸡，他敲开泥壳，一阵香气溢得到处都是。

木椿又咽了一口口水。随即，他老人家将程潜放在了地上，身体力行地为小徒弟表演了一番何为“修道之人要时刻注意言行”。

他先将脸上的水迹抹净，揣好一个仙风道骨的高人笑，这才迈起忽忽悠悠、左摇右晃的莲花步，飘到小叫花子身边，说了一番长篇大论的花言巧语，描绘了一扇穿金戴银、吃饱穿暖的海外仙门，将小叫花子说得两眼发直。

木椿和颜悦色地对着小叫花子哄骗道：“我看你资质上佳，将来或能腾天潜渊，兴许有大造化——你姓甚名谁，可有大名？”

程潜感觉这一番话有点耳熟。

小叫花子虽然颇有些浪迹天涯的狡黠，但年纪还小，活生生地被师父忽悠出了两行清鼻涕，呆呆地答道：“我叫小虎，不知道姓什么。”

“那你便从为师姓‘韩’吧。”木椿捋着山羊胡，润物无声地确定了师徒名分，“为师且赐你个大名——单名一个‘渊’字，好不好？”

程潜：“……”

韩渊，含冤……真是又吉利又喜庆。

师父想必是饿糊涂了，面对皮焦肉厚的叫花鸡多少有些口不择言。

小叫花子——韩渊虽然比程潜年长一点，但是按照入门先后，反而成了他的四师弟。程潜这个“关门弟子”只当了几天，就摇身一变，成了小师兄。可见扶摇派这后门关得不大严。

至于那只香飘十里的叫花鸡，自然多半都孝敬进了师父的肚子。

鸡也堵不住木椿真人喋喋不休的嘴，不知他哪来那么大的说教癖好，边吃还边问道：“鸡是哪来的？”

韩渊一条灵舌，有点绝活，啃鸡骨头不用手，囫囵地塞进嘴里，腮帮子鼓了几下，就能吐出一个干净完整的骨头。他“呸”一声，粗鲁地喷出了嘴里的骨头，回师父的话道：“前面村里偷的。”

子曰："食不言，寝不语。"

叫花鸡自然是香喷喷的，程潜本在犹豫要不要跟着师父撕一条鸡腿吃，见识了这二位的吃相，曾在树上"读过书"的程潜毅然将手缩回来，默默地在一边啃着硬成石头的烙饼。

这种格调的韩渊，能做出什么有格调的鸡吗？

木椿真人显然并没有因此倒胃口，只是在大嚼中腾出了半张嘴，摇头晃脑地说道："不教而诛谓之虐——小渊，你要记住，以前你干过什么，我一概不追究，但从此入我道门，再不能干这等偷鸡摸狗的事了！"

韩渊闷闷地应了一声，小叫花子没听懂他这咬文嚼字的一长串，因此没敢反驳。

"偷鸡摸狗不行，但是坑蒙拐骗想必是可以的。"程潜在旁边尖酸刻薄地想到，继而他想起了自己在大雨中送给师父的那份不为人知的宽容，只好颇有些沧桑地暗自叹了口气，"算了。"

四师弟韩渊，长得小鼻子小眼，下巴还有点地包天，一双细长眼睛时刻闪烁着奸懒油滑的光，程潜一见韩渊，就不怎么喜欢——模样寒碜就算了，韩渊还占着个"师弟"的名号，一切和"兄""弟"有关的字眼，程潜都难以产生好感。

在程家，新裁的衣裳是大哥的，加了糖的奶糊是小弟的，好事反正从来轮不到他头上，倒是常常被指派去干活，程潜生性不宽厚，心里自有怨愤，但老童生那套常挂嘴边的“父慈子孝、兄友弟恭”他是听进去了的，因此又时常觉得自己的怨愤毫无道理。这么一个小男孩，自然是没什么涵养功夫的，程潜做不到真的毫无怨言，只好装作毫无怨愤——如今到了门派里，他依然是这番做派，自己默默地不喜欢，表面上依然是一派装得不大圆滑的友好温和。

既然师父出尔反尔，把关上的门又打开了，程潜也就只好像模像样地当起了师兄。

一路上有跑腿的事，做师兄的来，有点什么吃喝，让完师父再让师弟——做到这点不容易，因此程潜得时时检验自己，以防失了他温良恭俭让的体面。他的父亲一辈子穷困潦倒，粗鄙暴躁，对他也不好，程潜听了老童生的话，不敢明着恨他爹，只好暗着可怜他。程潜时常想，他宁可死，也不要变成他爹那样的人物，因而这份温良的体面是他在迷茫中，费尽心机才给自己撑起来的“铠甲”，不容有失。

不过程潜很快发现，这个师弟实在不配什么照顾——他不光面目可憎，脾气秉性也十分烦人。首先，这小崽子话很多，没他的时候，是师父在聒噪，有了他，连木椿真人都显得文静多了。

小叫花子还随口就能编出个故事来，诸如自己如何打败一只丈余长的大黄鼠狼，偷得肥鸡等等。他编得手舞足蹈，唾沫横飞。程潜被他的没完没了烦得不行，试图有道理地质疑："哪有一丈来长的黄鼠狼？"

韩渊挺胸抬头地辩解道："当然是成精了呗。师父，黄鼠狼能成精吗？"

师父飘飘悠悠地说："万物有灵，皆可成精。"

韩渊听了，仿佛获得了胜利，得色难掩地冲程潜微微一抬下巴，阴阳怪气道："师兄，这就是你少见多怪啦，人能修成仙人，动物自然也能修成妖精。"

程潜没答话，暗自冷笑一声。倘若一只黄鼠狼真有一丈来长，它四条腿想必是捉襟见肘的，这具漫长的身躯须得肚皮蹭地才能移动，难道一个妖修辛苦修了半天，就图磨出一个结实没毛的铁肚皮？

小叫花子正在抓紧一切时间向师父展示他的勇猛不凡，同时见缝插针地抹黑"柔弱可欺"的师兄，意图争宠。程潜见他上蹿下跳，好不可笑，便学着那老童生，在心里给他的四师弟来了个半酸不辣的盖棺定论：君子固穷，小人穷斯滥矣——小畜生，什么东西！

程潜听了韩渊“勇斗黄鼠狼精”的事迹后，第二天，他就亲眼见识了他的小畜生师弟是怎样英勇不凡的。

那天师父靠在树底下午睡，程潜在一边翻看师父背篓里的一本旧典籍，旧典籍用词佶屈聱牙，程潜又才疏学浅，与大部分经文都是“相见不相识”，但他乐在其中，并不觉得枯燥——不管师父的经书里写了些什么屁话，这毕竟是他有生以来第一次光明正大地摸到书。

木椿真人新捡来的这两个小弟子，一个静如木桩，一个动如马猴，木桩程潜一动不动，马猴韩渊一时片刻也停不下来。这会儿也不知韩马猴跑到了什么地方，程潜乐得耳根清净，可他清净了没有多长时间，就见韩渊哭哭啼啼地跑回来了。

“师父……”韩渊嘤嘤嗡嗡地撒娇。

师父打了个娇弱婉转的鼾。

韩渊于是继续号丧，一边号，一边拿眼瞥旁边的程潜。程潜怀疑师父实际已经醒了，只是装睡打算看他们师兄弟如何相处，眼下师弟哭成这副熊样，做师兄的不便熟视无睹，便放下经书，和颜悦色地问道：“怎么？”

韩渊道：“前面有条河，我想给师父师兄抓鱼吃，可是河边有大狗追我。”

程潜一怔，他也怕恶狗，可韩渊眼珠乱转，把话说到了这个份上——师弟“孝顺”师父师兄捉鱼，被恶犬欺负，要找师兄出面，师兄岂有缩头的道理？他只好从地上捡了一块大石头，放在手里掂了掂，站起来跟着韩渊往河边走去，和颜悦色地说道：“不怕，我跟你去瞧瞧。”

同时，程潜心里冷冷地想道：怎么没咬死你呢？

他神色如常，并不凶恶狰狞，韩渊还是不由自主地瑟缩了一下，总感觉师兄的石头是对准自己后脑勺的。

等两人到了河边一看，发现狗已经走了，地上只留下了几排小脚印。程潜也不是没见过狗，他低头对着那两行脚印研究了一番，估摸出那“恶犬”的体型大约不足一尺，可能是个稚拙的小野狗。

韩渊这小畜生，实在是干啥啥不行，吃啥啥没够，阉然媚世，没皮没脸，就知道争宠。程潜这样想着，拿着石头的双手背在身后，温和地看着他一无是处的师弟，简直懒得和他一般见识。

两人揣着抓来的鱼赶回去，师父已经“醒”了，正慈祥欣慰地看着他们俩。程潜还没来得及说什么，韩渊已经谄媚地凑上前去，添油加醋地在师父面前描述了一个“师兄如何想吃鱼，他是如何打败了一只头大如牛的恶犬，千辛万苦地钻到河沟里抓鱼”

的故事。

程潜几乎要让他这天赋异禀的师弟给气笑了。

就这样，程潜跟着一个老骗子和一个小牛皮贩子，又走了十多天的路，终于抵达了门派——门派大大出乎了他的意料。

第二章

扶摇

程潜有生以来第一次离家出远门，因为有了奇葩师父与师弟的陪伴，借光见了世间诸多怪现状，已经颇有些山崩不惊的沉稳，对扶摇派这种一听就觉得是草台班子的地方，本不怎么抱希望。他以为所谓“扶摇派”，大概也就是个荒郊野外的野鸡道观，进门没准还得给笑口常开的“祖师爷”烧香磕头，没料到这里竟然很像那么回事！

只见扶摇派独自占了一座小山头，那山三面环水，在山脚下抬头一看，山间绿涛如怒，风过有痕，虫鸣鸟鸣声中还间或夹着几声鹤唳，偶尔有惊鸿一瞥的白影掠过，登时漫上一层浮光掠影似的仙气。山中有平缓的石阶，看得出时常有人打扫，一条小溪自山头而下，泠泠作响。拾级而上至半山腰，便能看见山顶上影影绰绰的庭院住宅，山腰上一道古朴生苔的石门，上面龙飞凤舞地写着“扶摇”二字。

字写得好歹，程潜是看不出的，他只觉得那两个字如同要从门上飞起，真如师父时常挂在嘴边的话，有种腾天潜渊般不可一世的倨傲。

此地并不是他想象中云雾环绕的世外仙山，但又有说不出的灵秀，程潜从绿树浓荫中看见巴掌大的天空，说不出为什么，忽然感觉到了某种坐井观天时独特的天高地迥，一时舒畅得恨不得绕山大笑大叫，不过忍住了——他在家就不怎么敢吵闹，怕他爹揍他。在这里自然也不敢，怕在韩渊这个龌龊小人面前失了他偷听过几天圣贤书的君子体统。

师父拍着他两个新徒儿的狗头，和蔼地说道：“一会儿随为师去焚香沐浴更衣，我带你们去拜见你们……”

程潜漫不经心地想道：祖师爷吗？

师父道：“大师兄。”

大师兄不是说拜见就能随便拜见的，得先焚香沐浴，撒上二斤香粉才行。

几个道童见木椿真人带着两个陌生少年回来，连忙迎了上来。道童们大的十七八，小的不过十三四，个个眉清目秀，像一群神仙座下的金童子，翩翩衣袂无风自动，不用说目瞪口呆的韩渊，就是一路以来颇有些自矜的程潜,也微妙地生出了些许自惭形秽。

程潜下意识地绷住了脸，挺直了腰背，牢牢地将自己的好奇与没见识藏得一丝不露。

领头的道童远远地见了木椿真人，便先笑了起来，态度颇为随意地道：“掌门这回又游历到哪去了，怎么弄得一身逃荒似的——哎，这怎么……哪里来的小公子？”

程潜心里将这亲切的招呼一字一句掰开揉碎，也没能从里面扒拉出一星半点儿的尊崇，道童仿佛招呼的不是“掌门”，而是邻村韩大叔。木椿真人也不以为意，脸上甚至露出了一个有点缺心眼儿的笑容，指着程潜和韩渊，道：“我新收的弟子，还小，劳烦你给安顿安顿。”

那领头的道童笑道：“安顿到何处？”

“这个带到南院。”木椿真人随手一指韩渊，而后他似有意似无意地低下头，正对上程潜自下而上的目光，那小少年一双黑白分明的眼睛里有与生俱来的克制，还有一些微不可察的、对陌生环境的慌张。木椿真人嘴角没个正经样子的笑容忽而收敛了，片刻后，他用近乎肃然的态度指点了程潜的去处：“让程潜去住‘边亭’吧。”

“边亭”并不是一个亭子，而是一个位置很偏的小院，有些离群索居的意思，院墙一侧有条小溪不动声色地经过，另一侧则是一大片竹林，安静极了。竹林应该有些年头了，连过往的微风都染就了一番翠色，整个院子就仿佛置身竹海中，绿得有点清心寡欲。院门口挂着两盏长明灯，也是刻着明符的，但比程家那个“传家宝”精致不少，光晕柔和，风吹不动，人走不惊，一左一右，清幽旷远地夹着中间一块门牌匾额，上书“清安”二字，似乎与山口“扶摇”出自同一人笔下。

给程潜带路的道童名叫雪青，与程潜家里大哥差不多的年纪，他五官长得有些寡淡，是那一众道童中最不起眼的一个，为人也沉默寡言，不出风头，谁也不知道为什么是他从人群里走出来，拉住了程潜的手。

“这是我们山上的边亭，掌门起了名叫清安居，以前也做过斋堂。”雪青轻缓地解释道，“三师叔知道什么是斋堂吗？”

程潜其实不知道，但仍装作不怎么在意地点了个头。他跟着雪青进了小院，见小院中间有一个一丈见方的小水塘，下面黑榆木的托盘上刻着符咒，想必是有什么固定作用——那水塘中的水不流不淌，凝而不动。走近仔细一看，程潜才发现，原来那不是什么水塘，而是一块罕见的大宝石。非玉非翠，触手生凉，墨绿中微微泛着一点蓝，有种寒冷而幽深的静谧。

程潜从未见过这样的稀罕物件，纵然不想显得像个乡巴佬，一时间还是不由自主地看呆了。

雪青便道：“这个东西，我也不知是什么，不过我们都叫它清心石，好像是掌门找来的，从前他斋戒时经常垫着它抄经用，有它镇着，这院子夏天要凉快许多。”

程潜忍不住指着榆木托盘上的明符问道：“雪青哥，这符咒是干什么用的？”

雪青似乎没料到程潜对他这样客气，愣了片刻，才答道：“三师叔不要折煞我——这不是符咒。”

程潜看了他一眼，雪青奇异地从那少年的眼神里读出了一点拘谨的疑惑，程潜的眼睛仿佛会说话，跟掌门捡回来的另一位比起来，越发显得精雕细琢。其实雪青看得出这孩子出身不高，也未必读过什么书，似乎在努力要将自己捏成一个翩翩君子的形象，捏得生搬硬套，举手投足无不拘谨，好像不知道该用什么面孔与人交往似的。简单来说，就是有点装腔作势——而且没什么目标和模仿对象的装腔作势。

一般做作的人都不免让人觉得讨厌，哪怕只是个孩子，可不知为什么，雪青并不讨厌程潜，反而莫名有些怜惜他，因此慢声细语地答道："三师叔，雪青只是个资质不佳的杂役下人，平日里照顾掌门和小师叔们起居，符咒之道博大精深，我们这些人是不懂的，也只是听掌门提过只言片语，回来学舌而已，公子不妨去问问掌门或者我家……你大师兄。"

程潜敏锐地听见了"我家"两个字，再联想起这些道童们对掌门亲热有余恭敬不足的态度，心里再次疑惑起来。

雪青很快带他熟悉了清安居内一干陈设，匆匆服侍他洗干净一身羁旅风尘，又给他换了件得体的衣服，里里外外收拾了个干干净净，这才又领着他出来。程潜一边小心翼翼地不露怯，一边旁敲侧击地和雪青打听大师兄是何方神圣。

片刻后，他得知，这位大师兄姓严，叫严争鸣，出身富贵。富贵到什么程度呢？这部分程潜听得稀里糊涂——他穷苦出身，见识过的所谓"富贵"都不过是村头王员外之流，那王员外已六十高龄，迎娶了三房小妾，在程潜看来，已经是富贵逼人了。富可敌国到底是有多富，他一无所知。

据说严争鸣七岁那年，也不知是因为什么鸡毛蒜皮之事离家出走，被他们老奸巨猾……老谋深算的师父捡到，慧眼识珠，老骗子继而凭借三寸不烂之舌，将年纪尚幼、不知世情险恶的大师兄拐入门内，成了开山大弟子。

严家小公子走失，家人自然焦急，费了九牛二虎之力，才找到已经堕入了歧途的严争鸣——严少爷不知是被木椿灌了迷魂药，还是自己不想学好，鬼迷心窍一样，非要留下修真。

少爷从小娇生惯养，家里当然不能看着他跟着个草台班子似的江湖骗子吃苦，几次扯皮未果，只好出钱将这门派养了起来，权当是给少爷养了个戏班子玩耍。

当世修真门派品类繁多，但其中货真价实的名门正派与邪魔外道都少之又少，遍布九州的大部分是些野鸡门派。至于扶摇派这样有一方富甲供养，生存得有点颜面的门派，叫“野鸡门派”未免有些冤屈，真要说起来，大约可以算作“家禽门派”。

因此，大师兄身兼“本门衣食父母”“掌门的金主”与“扶摇派开山大弟子”等众多角色，自然是本派第一把交椅，连师父也得时常巴结。

至于这第一把交椅本人，那是个匪夷所思的败家子。当时大师兄年方十五，还未有“淫”的胆子，除此以外，“骄”“奢”“逸”他是一个不落，全坐实了。

木椿真人第一次领着洗刷干净的一双小弟子来到严少爷近前的时候，那少爷正在梳头——并不是掌门老糊涂了不知礼数，赶在一大早别人梳洗前去打扰，而是大师兄每天要梳好多次头发，好在他年纪尚轻，也不怕梳成斑秃。有资格给大师兄梳头的，首先得是女的，年纪不可以太小，也不可以太老，形貌不可有一处不美，气味不可有一丝不雅。她一天到晚除了梳头点香之外什么都不做，一双手一定要柔软，要莹白如玉，不能有一点煞风景的茧子。

像雪青之类的道童，原来都是严家的家奴，精挑细选了一批送到山上供门派驱使。但少爷近身的事不用道童，他不喜欢男人，嫌他们粗手笨脚，留在院里贴身服侍的是清一色的小姑娘，院子里姹紫嫣红总是春。

来时路上，雪青对程潜说过，木椿真人安排他去住清安居，是让他清心安神，程潜心里隐约有些别扭，不肯承认自己心不安神不宁，如今到了大师兄住处，他仰头看见“温柔乡”三个字，一颗心终于放在了肚子里——看来不是他心神不安，而是师父老糊涂了。

一边的韩渊撒娇弄痴，拿着无知当有趣，问道：“师父，大师兄门口写了什么？”

木椿真人摸着胡子念给他听，韩渊直眉睖眼地又问道：“这是鼓励师兄以后温柔点的意思吗？”

木椿真人听了，忙叮嘱道：“这话万万不能让你大师兄听见。”

程潜与韩渊见堂堂掌门竟如丧家之犬一样夹着尾巴，难得心有灵犀地一同想道：这是个什么玩意门派，岂有此理！

他二人这样想着，对视一眼，全都看见了对方脸上的震惊，两人都是贫贱出身，虽然各有各的刺头之处，但很懂韬光养晦，于是忙跟着师父一起夹起了尾巴。

其实程潜第一次见他大师兄的时候，是惊为天人的。

那人模样尚且青涩，骚气却已绝顶，只见他一身雪白的缎子袍，上面绣着谁也看不见的暗纹，只有活动间光影变动，才显出一点流光溢彩的端倪。他活似没骨头似的往雕花椅子背上一靠，眼皮半垂着，一手撑着下巴，散开的发如泼墨。

严争鸣听见声音，爱答不理地一挑眼皮，眼角如淡墨横扫，长而带翘，无端扫出一片骄矜的阴柔气。他见了师父，没有一点要站起来的意思，慢吞吞地问道："师父，你出门一趟，又捡了两只什么玩意儿？"

他仿佛是长得比别人晚一些，少年人的声气没来得及褪净，加上掺杂着些许撒娇的口气，听起来更加"安能辨我是雌雄"，偏偏还理直气壮，这样不男不女，居然也没什么违和。

掌门他老人家赔着笑脸，磨蹭着手，介绍道："哦，这是你三师弟程潜，这是你四师弟韩渊，都还小，不懂事。你是大师兄，往后要多帮师父提点提点他们。”

严争鸣听了韩渊的名字，长眉一跳，脸皮似乎也抽搐了一下。他半睁开眼，纡尊降贵地瞥了他的四师弟一眼，随即尖刻地转开目光，仿佛目光受到了玷污。

“韩渊？”大师兄慢吞吞地品评道，“果然长得有点冤枉，名如其人。”

韩渊的脸已经白得发青。

严争鸣将他丢在一边，又转向程潜：“那个小孩，过来我看看。”

他态度轻慢，召唤程潜的手势分明是在叫狗，成功地让程潜从惊艳中清醒过来。

程潜因为从小没人待见，心里是十分自卑的，久而久之，这股自卑就沉在了骨子里，化成了满腔激烈到近乎偏执的自尊，一个眼神都能让他敏感起来，这招猫逗狗的手势让他仿佛在寒冬腊月里被人兜头盖脸浇了一盆凉水，将他的五官也冻成了冰，那结冰的小脸上面无表情，上前一步，避开严争鸣的手，公事公办地作揖见礼道：“大师兄。”

严争鸣探头看了他一眼，随着他这么微微一探身，一股仿佛幽然暗生的兰花香笼罩在了程潜身边，也不知他这身破衣服熏过了多少道香，程潜鼻子一痒，大大地打了个喷嚏。

这位少爷大师兄想必不大会看人脸色，他悠哉游哉地将程潜从头到脚扫了一遍，相马似的，过后大约是觉得还算入眼，漫不经心地点了个头："这个长得还行，以后可别长残了。"

少爷为了表现出大师兄的慈祥，勉为其难地将手掌从程潜头顶一寸的地方掠过，假装自己摸了他的头，继而敷衍地吩咐道："那个'含冤的'和'带屈的'我都见完了，师父你一起领走吧——嗯，小玉儿，给他……他们俩，一人抓把松子糖吃。"

木椿真人的老脸微微抽搐了一下，他有种奇怪的感觉，好像自己领进来给这不肖徒弟看的不是两个师弟，而是两个通房大丫头，还是姿色不甚喜人的大丫头！

松子糖不是一般的松子糖，它们盛在精致的小香包里，颗颗饱满，外面还凝着一层晶莹剔透的糖霜，混杂着一股说不出的花香，香得沁人心脾。像这样精致的吃食，平民百姓家的孩子是没见过的，可程潜却毫不留恋，一出门就转手将香包与松子糖一股脑地塞给了韩渊，漫不经心道："这东西还是给师弟吃吧。"

他的"大方"让韩渊当场愣了愣，韩渊心情复杂地接过了香包，难得有点不好意思。小叫花子长到这么大，从来都得争抢才能得食，大家出来混都是为了活命，个个活得似野狗，谁有精力顾念别人呢？

韩渊胸口一热，感动的同时，他心里生出了一个天大的误会——他这新认的小师兄恐怕并不是软弱可欺，是真的不计较，待自己好。

木椿真人却没那么好糊弄，他清楚地看见程潜嫌弃地拍了拍自己的手，仿佛手上沾过什么不干净的东西，于是心知肚明。程潜这小子让糖，可绝不是出于什么谦让的好品质，纯粹是懒得给他那妖魔鬼怪的大师兄面子。

不过话说回来，对于这么大的小崽子来说，最大的诱惑其实也不过就是吃跟喝而已，程潜竟能忍住，竟能不领情，竟能看都不看一眼！

木椿真人有些感慨地想道：这小王八蛋，心太硬，将来不成大器，必成大祸。

第三章 修行

小王八蛋程潜正式入了扶摇派。

他在自己的清安居住了第一宿，一觉睡到第二天寅时三刻，黑甜无梦，没有认床，也没有想家。

第二天清早，雪青给程潜换上了长袍，梳了个发髻，打扮得人模狗样。小孩子本不必束发加冠，但雪青说，这是因为他已经入了仙门，就不能算是俗世孩童了。

野鸡门派与家禽门派最大的区别就是，野鸡门派纯粹是瞎胡闹，家禽门派虽然渊源不详，表面上看，却也是有些实在家底的——首先就是符咒，传说中千金难得的仙人符咒在这里几乎到处都是，连树木石头之类上都刻满了。雪青指着一棵树根上的符咒，对程潜道："这些都是有灵性的，三师叔倘若在山上迷了路，只要问这些石头和树就是了。"

雪青说着，上前一步做了示范，对着大树树根道：“我们要去‘不知堂’——不知堂是掌门住处，师叔刚刚入门，今天要到掌门那受戒。”

程潜没顾上回答，他惊异地看着面前发出一层浅浅荧光的树根。

此时天还没大亮，那光一团一团的，莹白如月色，照得山林间平白生出几分仙气来，附在其他一些石头与树上，在林间蜿蜒成了一条清晰简明的小路。这虽然并不是程潜见过的第一个“仙器”，却是程潜见过的第一个有用的“仙器”！

雪青察言观色功夫一流，知道这孩子脸酸，又矫情得很，因此见他惊愕，便不敢点破，只等他自己看过来时，才不动声色地提点道：“三师叔请这边来，跟着光走。”

走在荧光铺就的路上，程潜才有了自己正在变成另一种人、即将过另一种生活的感觉。

程潜问道：“雪青哥，这些都是谁做的？”

雪青纠正不过来程潜的称呼，干脆也就随他去了，听问，便答道：“是掌门。”

程潜吃了一惊，有点难以相信。及至不久以前，他的掌门师父在程潜心目中，都还是只有点可爱的长脖子野鸡，不中看也不中用——那么莫非他竟不是个骗子？莫非他还有什么不为人知的本领？师父也可以像传说中那样所向披靡、呼风唤雨吗？

程潜带着几分不可思议的憧憬想象了一下，却发现自己依然难以酝酿起对师父真正的敬畏。

不多时，雪青带着程潜沿着发光的小路，来到了木椿真人的不知堂。

不知堂其实就是个小茅屋，没有什么“仙器”，也没有匾额，院门口挂着一块巴掌大的木牌子，上面粗糙地刻着一个兽头。程潜看着那兽头有点眼熟，但一时想不起来那是什么东西，兽头旁还有一行小字，写着“一问三不知”。

茅草屋让程潜一瞬间还以为自己回到了乡下的家里，这里朴素得过了头，近乎是一无所有。屋门口有个伶伶仃仃的小院，院中间摆着一张三条腿的小木桌，瘸了的那条腿垫在石头上，木头桌面上布满裂缝，而木椿真人正襟危坐在小桌后面，正出神地盯着桌上的一个小托盘。

托盘是粗制滥造的粗陶器，方不方、圆不圆，连底都没抹平，上面散落着几个生了锈的旧铜钱，两相交映，莫名地生出了一丝古旧的阴森来。程潜的脚步不由自主地一顿，有那么一瞬间，他觉得盯着铜钱的师父身上有种厚重的凛然。

一边的雪青却见怪不怪，笑道："掌门今日卦象中窥见了什么天命？"

掌门闻言，肃穆地收起铜钱，双手拢回袖中，悠然道："天道有命，今日膳食要多加一道小鸡炖蘑菇。"

他说这话的时候胡子微翘，小眼珠左右转了几下，鼻尖微微耸动，流露出了货真价实的向往。程潜一见他的神色就觉得眼熟，而后他一瞬间福至心灵地想起来了——不知堂门口那木牌上的兽头是只黄鼠狼！

乡村愚民不知道什么是圣贤，更读不懂佛经道经，求神拜佛都是乱来，"青大仙"和"黄大仙"等野路子"神仙"也混迹其中，在各地家喻户晓。"青大仙"是说蛇精，"黄大仙"指的就是黄鼠狼了。程潜小时候在村里见过供奉"黄大仙"的牌位，上面就有一个一模一样的兽头。

可是……不知堂门口为什么挂着一只黄鼠狼？

程潜再一看木椿其人，只见他腰长腿短，瘦骨嶙峋，外加一张小头鸡脸……怎么看怎么像一只成了精的黄鼠狼！

程潜怀着这样难以言喻的疑虑，上前一步，心情复杂地以凡胎肉眼之躯，对着疑似黄鼠狼的师父见礼。师父笑呵呵地一摆手，说道："不必多礼，酸唧唧的，我们扶摇派不兴这一套。"

正这当口，韩渊也来了，韩渊老远便叫道：“师父！师兄！”

他倒是身体力行了何为“不兴礼数”，一进门便大惊小怪道：“哎哟，师父，你怎么住得这么破啊！”

韩渊自来熟地在不知堂的院落中转了一圈，最后落脚在了程潜面前。这鼠目寸光的小叫花子已经被一袋松子糖完全收买了，认定了程潜对他好，也不阴阳怪气地叫师兄了，上前亲热地拉住程潜的袖子：“小潜，昨天怎么不找我玩去？”

程潜见他就烦，立刻不动声色地后退半步，从他手中抽出自己的袖子，一板一眼地道：“四师弟。”

雪青给他换上了大人的打扮，露出光洁的额头与修长的眉目，显得秀气又好看，像个玉人，一个人倘若美成了玉做的，一点孤僻似乎也是可以原谅的。韩渊自己是个没爹没娘没教养的叫花子，看谁不顺眼就怎么都不顺眼，看谁好，就怎么都好——程潜现在对他来说，就是怎么看怎么好的那一路，因此他一点也不介意对方的冷淡，还在那乐滋滋地想道：这种家养的孩子跟我们走南闯北的不一样，腼腆，以后我得多照顾他。

木椿真人眼睛虽小，从中射出的目光却如炬，冷眼旁观了片刻，他出声打断了韩渊剃头挑子一头热的犯贱：“小渊，过来。”

韩渊屁颠屁颠地走到他那摇摇欲坠的小桌前：“哎，师父，什么事？”

木椿真人看了看他，正色道：“你虽是后入门，但年岁比你三师兄稍长，为师要先嘱咐你几句。”

黄鼠狼一样的师父也是师父，他难得肃容，韩渊不由自主地挺了一下腰。

木椿道：“你生性跳脱，失于轻浮，因此为师送你‘磐石’二字做戒，是提醒你，天道忌投机取巧，忌骄矜自盈，忌用心不专，日后当常沉敛收心，不可一日懈怠，懂吗？”

韩渊抬手抹了一把鼻涕，这番戒辞他半句也没听明白，稀里糊涂地“啊”了一声。

好在木椿没有追究他的失礼，说完就转向了程潜。

程潜这才发现，师父其实并不是天生一副三角眼，只是眼皮有点内双，平时眼睛又总是半闭着，显得目光游移，形容猥琐。这一回他睁开了眼，一时间竟显出几分黑白分明的清澈来，目色微沉，对着程潜的神色近乎是严厉的。

“程潜。”

不知道为什么，师父叫韩渊就是“小渊”，叫程潜的时候，却总是要连名带姓，听不出是偏爱他，还是偏不爱他，当中总含着一分咬文嚼字的郑重。

程潜有些不知所措地抬起头，藏在袖子里的手握成了拳。

“来。”木椿真人打量着他，随即，大概是意识到了自己严肃得过了头，他微微耷拉下眼皮，将自己重新收敛成了一只慈眉善目的黄鼠狼，声音也柔和了些许，“你过来。”

木椿真人抬起一只手，放在了程潜的头顶上，他的掌心微微有一点热度，随着袖口的草木香，后知后觉地传达给了程潜。

但程潜依然是慌张。他回忆着师父点评韩渊的那几句“轻浮跳脱”之类的话，心里惴惴地想道：师父会说我什么？

仓促间，程潜将自己同样仓促的生平从头到尾地回顾了一遍，打算把自己的毛病先挑出来晒一晒，也好在师父开口前做个心理准备。

程潜心里细细地数着：他会说我心眼儿小？还是不够仁义？不够友爱？

结果木椿真人并没有像评价韩渊那样，当面说出他的缺点和戒辞，他的掌门师父甚至微微踟蹰了一下，似乎在格外艰难地寻找一个合适的措辞。直到程潜等得手脚冰凉，才听见木椿近乎一字一顿地慎重道：“你啊，你心里有数，多余的话我不说了，就送你‘自在’二字做戒吧。”

这戒辞简单得有点省事了，空泛无边，让人一时间难解其意，程潜忍不住皱了皱眉，心里的一堆准备都落了空，他胸中那一口气没有松下来，却反而被吊得更高，便脱口问道："师父，什么是'自在'？"

问完，他又有点后悔，因为不想让自己表现得像韩渊一样头大无脑。

程潜努力定了定神，带了一点试探和不自信，逞着强，穿凿附会了一番，问道："就是让我清心安神，努力修行的意思吗？"

木椿没给出什么解释，最后只是语焉不详地点头道："现在……就算是吧。"

现在是，以后就不是了吗？

而且什么叫作"就算是"？

程潜听了这回答，更加摸不着头脑，他甚至敏感地从木椿真人的话里嗅出了一点前途未知的蛛丝马迹来，然而看得出师父不想多说，他也只好出于早熟的识趣，勉强咽下了心头的疑问，只是规规矩矩地躬身道："是，多谢师父教诲。"

木椿真人无声地叹了口气，他看起来是个不怎么壮的壮年男子，实际却已经老得成了精，当然看得出一些事来——这程潜进退礼数周全，对伺候他起居的道童都以兄相称，显然不是因为他觉得周围的人特别值得尊重，而是不肯在这些"外人"面前伤了自己繁文缛节式的“文雅”。

有道是“夫礼者，忠信之薄而乱之首”，这孩子纵然悟性再好、天资再佳，其天性也与大道相去甚远，且程潜心重，不怎么会讨人喜欢……不过他自矜得很，想必也不稀罕讨人喜欢。

木椿真人将程潜放开，有点担心他将来会误入歧途。

他把三条腿的破木头桌子掀翻过来，招呼韩渊和程潜一同凑过来。只见那木头桌子背面布满了被虫蛀的大小洞穴，星罗棋布，煞是热闹，那些虫子眼间隙，居然还刻满了密密麻麻的小字。

木椿真人道：“这就是入门时为师首先要传给你们的，我扶摇派门规，你二人须得一字不差地记下来，从今日开始，每日默写一遍，写足七七四十九天为止。”

面对这一条一条的门规，程潜终于露出了恰如其分的惊愕——他总觉得一派门规这么神圣的东西不应该刻在一张破木头桌子底下……尤其是三条腿的木桌。

与他同样惊愕的，还有一边的韩渊。

那小叫花子伸长了脖子，大惊失色地说道：“哎哟，这都是什么啊？师父，它认识我，我可不认识它啊！”

程潜：“……”

一只可能是黄鼠狼变的师父，一句狗屁不通的戒辞，一套刻在烂木头桌子底下的门规，一位娘娘腔的师兄以及一个不识字的叫花子师弟……他的修行生涯起点如此这般异乎寻常，以后还能修出什么好来吗？

程潜感到前途渺茫。

不过晚上回去，程潜的心情就明媚了，因为他得知自己竟也有了一间书房，书房里不但有他梦寐以求的汗牛充栋，还有雪青给他准备的纸和笔。

程潜还没有在纸上写过字，他生身父母的学识加起来，也不见得能从一写到十，家里自然也不会预备这些。这些年，他靠着自己过目不忘的本事，连偷带揩地从老童生那看会了不少字，就装在脑子里，回去在自家门口的地面上用树枝画，真是做梦也想摸一摸文房四宝。

摸着摸着，他就上了瘾，因此没听师父的话，师父让他每天抄写一遍门规，然而等雪青进来叫他吃饭的时候，程潜已经在写第五遍了，大有不停下来的意思。狼毫和树枝不一样，程潜第一次摸纸笔，写出来的字当然是不堪入目的，但看得出他在刻意模仿木板上门规的字迹，写到第五遍时，数千字的文章，他已经不必再照着看。程潜不单将门规条分缕析地装进了脑子，还贪婪地将那一横一竖、一撇一捺的来龙去脉全部兜着走了。

雪青发现他每写一遍，都会修正前一遍不像、不好的地方，模仿得全神贯注、目不斜视，全然没注意到书房里多了雪青这个大活人。

如饥似渴。

雪青迟疑了片刻，不知怎的，竟不忍心打扰，悄悄地将食盒放在一边，默默退出去了。

程潜一直折腾到了半夜，第一天他睡得好，这天却有点兴奋得失眠了，他一闭眼就能感觉到自己手腕发酸，脑子里来来回回都是门规上的字迹。门规肯定也是写匾额的那个人刻的，程潜喜欢他的字喜欢到辗转反侧，匾额倒还罢了，刻门规的那张破木头桌子看起来坚挺不了几年就要糟了，他推断门规刻上去的时间应该不会太长。

所以那是谁的字呢？难道是师父？

直到不知不觉中睡着了，他还念念不忘地在胡乱琢磨，迷茫中仿佛有什么东西引着他在扶摇山上乱转，转着转着，就转到了白天去过的不知堂,程潜莫名其妙地想道：我来师父这里干什么？

可他不由自主地走了进去，而后在院中见了一个人。

那人身量颀长，应该是个男的，可是面目却模糊得很，脸仿佛藏在一片黑雾中，一双手骨节分明，白得发青，像个孤魂野鬼。

程潜吃了一惊，下意识地后退两步，却又有些担心师父，于是壮着胆子开口问道："你是谁？怎么在我师父的院子里？"

那人一抬手，程潜就感觉到一股巨大的吸力，将他双脚离地地吸了过去，转眼已经到了那男人跟前。对方抬起一只手，居高临下地碰了碰程潜的脸。程潜一激灵，这个人的手真是凉，凉得被他碰一下，整个人就被冻透了。

随即，那人抓住了程潜的肩膀，轻笑道："小东西，胆子倒肥，还不回去！"

程潜感觉自己被人狠狠地推了一把，骤然惊醒在自己的床上，而天还没破晓。

做了这样的梦，他再也睡不着了，只好将自己收拾停当，跑到院子里浇花打发时间，弄得雪青直到将他送到传道堂，依然为自己起晚了汗颜。

传道堂是个小亭子，亭中放着几张桌椅，周围是一片空地，程潜他们到的时候还早，不过已经有道童打扫了场地，煮上水，正准备烹茶了。程潜不声不响地找了个地方坐下，小道童立刻训练有素地给他上了一碗热茶。

程潜虽然保持着面色的冷淡，坐在石凳上的屁股却始终只是小心翼翼地挨了个边——习惯成自然，没办法，他受得了罪，但不大享得了福，坐在一边喝茶看别人干活，他心里有股令人窘迫的不安。

等了一盏茶的工夫，程潜听见了脚步声，他一抬头，只见一个陌生少年从一边的小径上走来。

那少年一身藏青色的袍子，怀中抱着一把一掌多宽的木剑，脚下飞快，走得目不斜视，跟在他身后的道童有些狼狈地连追带赶。

雪青小声对程潜说道："那是掌门的二弟子。"

二师兄李筠,程潜在不知堂柴扉后见过写着这个名字的木牌，忙起身相迎："二师兄。"

李筠似乎没想到亭子里已经有人了，闻声脚步一顿，抬头扫了程潜一眼，他一双眼睛里的黑眼珠仿佛要比普通人大一些，因而目光显得不怎么温和，看人的时候冷冷的。他飞快地看了程潜一眼，继而突兀又生硬地冲程潜露出了一个笑容，怎么看怎么像不怀好意："我听说师父带回来两个小师弟，就是你吗？"

程潜本能地不喜欢李筠的目光，感觉阴森森的，不像什么好东西，因此只是简单地答道："是我和四师弟韩渊。"

李筠上前一步，感兴趣地凑近问道："那你叫什么？"

他的兴趣仿佛是老狼看见兔子时的那种兴趣，程潜险些想后退，不过忍住了，笔直地站在原地，他面无表情地回答："程潜。"

"哦，小潜。"李筠自来熟地点了点头，做出一个皮笑肉不笑的表情，"你好。"

程潜眼前满是他白森森的牙。至此，他已经确定，整个扶摇派里，除了师父，没有第二个能让他稍微喜欢一点的人了。

不过话说回来，师父还指不定是不是人呢。

又过了一会儿，韩渊和师父也来了，韩渊毫不见外地一屁股坐在程潜前边，自说自话地埋怨了一番程潜不去找他玩，同时利用言语缝隙，他还见缝插针地将桌上的每样茶点都拿起来尝了一口。

而大师兄严争鸣，却迟到了足足两刻，方才打着哈欠过来。他是万万不肯走路来的，要两个道童前后抬着个代步的藤椅，将他一路从温柔乡抬过来。一个美貌少女迈着小碎步，跟在他身后扇着扇子，另有一个道童在一边打着伞。那严争鸣一个人领着这"哼哈二将"，白衣飘飘，衣摆如云。

这位少爷仿佛不是来听晨课，而是来兴风作浪的。

进了传道堂，大师兄先是不可一世地斜了李筠一眼，将厌恶明晃晃地挂在了眉梢，继而又看了韩渊及他那一桌并非完璧的糕点一眼，这一眼看得大师兄“唰啦”一声打开了手中的折扇，遮住了自己的眼睛。最后，他无可选择，只好鼻子不是鼻子、眼不是眼地走到了程潜身边，身边的道童训练有素地上前一步，将石凳来回擦了四遍，垫上垫子，沏好茶，再将热茶放在一边刻着符咒的茶托上，那茶托眨眼间将冒着热气的茶水冷却下来，冷到茶杯外面微微凝了一层水汽，严争鸣才半死不活地拿起来喝了。

以上种种步骤一个不差地进行完,那严少爷的尊臀方才落座。

李筠见怪不怪，韩渊目瞪口呆。而程潜近距离地围观了全程，饶是他惯常刻薄，此时也感到无话可说。

扶摇派鸡飞狗跳的早课，就这样在木椿真人四个弟子的彼此看不顺眼中开始了。

不知师父他老人家是不是已经算出了此情此景，他那坑坑洼洼的破盘子和生锈的几个大铜钱没准有用，反正他看起来对此早有准备。眼皮一耷拉，木椿真人走上台去，无视四个熊徒弟在下面暗潮汹涌，他半死不活地开了腔：“今日晨课，众弟子来与我齐诵《清静经》。”

《清静经》不是《太上老君说常清静经》，而是一篇莫名其妙的车轱辘话，弄不好是师父自编的，内容极其不知所云。大约是为了表现清静，那木椿真人念此篇的时候，每一个字都要生生拖成两个字长，句句尾音都颤得一波三折，像个疯疯癫癫的瘪嘴老旦。

程潜听了一会儿，只觉得耳朵里嗡嗡作响，响得他提心吊胆——担心师父把自己憋死。

师父气若游丝地念完了第一遍，慢条斯理地捧起面前的茶杯润了润喉，程潜连忙将自己的一身鸡皮疙瘩拍落，等着听他飞天遁地的高论，结果绝望地听见师父拖拖拉拉地说道："好，再念一次。"

程潜："……"

这时程潜的肩膀被人不客气地拍了拍，他那金玉其外败絮其中的大师兄主动和他说了话。

大师兄说道："哎，小孩，你往那边去一点儿，给我腾个地方。"

大师兄是镇派之宝，他要地方，程潜不敢不腾。只见严少爷一掀眼皮，身边的道童立刻屁颠屁颠地搬来了一个竹编的美人靠，他毫不客气地往上一躺，当着师父的面，堂而皇之地闭上眼，在如雷贯耳的"清静"中打盹去了。

其他人对此大概早已经习以为常，大师兄明目张胆地打瞌睡，二师兄则已经在短短的时间内，完美地跟他新鲜出炉的叫花小师弟勾搭上了，同时他也没有放弃程潜，向四面八方无差别扫射他的挤眉弄眼。

在场四人，唯有程潜对师父好，他的好与刻薄泾渭分明，却都是从一而终并且一丝不苟的，在这种鸡飞狗跳的环境里，程潜为了让师父不至于唱独角戏，不动如山地坐在了原地，从头到尾跟着师父念完了第一天的“例行早课”。

李筠见程潜不爱搭理他，眼珠一转，便起了主意，只见他做贼似的从袖子里摸出了一个小瓷瓶，在韩渊眼皮底下晃晃，小声道：“你知道这是什么？”

韩渊接过来打开，顿时被那一股恶臭熏得头重脚轻，连他身后的程潜都不幸被波及。

李筠得意扬扬地说道：“这是我做的金蛤神水。”

程潜在跟着师父诵经的间隙，一心二用地嗤之以鼻：“这难道不是金蛤的洗脚水？”

韩渊捂着鼻子将这“神洗脚水”还了回去，忍着恶臭问道：“干什么用的？”

李筠笑嘻嘻地将他桌面上的宣纸团成了一团，然后往上滴了几滴神水，只见那水飞快地渗入宣纸中，纸团眨眼间变成了一只货真价实的癞蛤蟆。

满世界飞禽走兽不玩，玩癞蛤蟆，这都是什么志趣?

程潜骤然间有点明白大师兄为什么用看一坨屎的眼神看二师兄了。

李筠一抬眼对上程潜的目光，立刻坏笑着用笔杆戳了一下桌上的蛤蟆，指着程潜说道：“找他去。”

蛤蟆闻言“呱”一声，向着程潜奔将而去，半途中被一只枯瘦的手夹住——师父不知什么时候已经溜达到近前，那蛤蟆在他手中重新化成了一团纸。

“旁门左道，”木椿真人念经似的叹道，“小筠啊，你可真成器。”

李筠吐了吐舌头。

师父道：“既然如此，你来领着师弟们读经吧。”

李筠只好捏着太监大殿前唱喏的嗓子，花了将近一个时辰，将那一小段《清静经》颠来倒去地念了十多遍，师父才终于大发慈悲地叫了停，让这段漫长的折磨告一段落。

韩渊哆哆嗦嗦地对程潜小声说道：“他再念下去，我就要尿出来了。”

程潜正襟危坐，装作不认识他。

闭目养神了一个多时辰的师父神采奕奕，说道：“一静还应有一动，徒儿们与我出亭来——哦，程潜，叫叫你大师兄。”

遭受了无妄之灾的程潜闻言一愣，偏头看了看那白衣少年，硬着头皮伸出一根手指，摸火似的在他肩头戳了戳，同时有点心惊胆战地想道：这可是师父让我叫你的，起来别对我作妖。

已经颠来倒去地睡了两觉的大师兄大概是睡饱了，并没有作妖。他睁开眼，目光空茫茫地盯着程潜看了好一会儿，才深吸一口气爬起来，有气无力地摆摆手：“知道了，你们先去。”

没睡醒的严少爷看起来脾气竟然好了许多，那一双桃花眼上仿佛蒙上了一层雾气，看着程潜的目光也柔和了不少。随后，严少爷心平气和地问道：“对了，你叫什么来着？”

“……程潜。”

“哦。”严争鸣点了点头，比起李筠和韩渊，他对待程潜已经算得上是十分客气了。“哦”完，严争鸣不再关心程潜，以手掩口打了个哈欠，然后一动不动地坐在原处，等待女小玉儿给他梳头发。

院子里，一个道童走了过来，双手奉上一把木剑给师父。

顿时，程潜和韩渊的精神都是一振，他们都是听着仙人凭风御剑的故事长大的，纵然程潜惨遭圣贤书的荼毒，到底也是个小男孩，他虽然不承认，但内心深处对那些传说中呼风唤雨的力量也还是很向往的。

木剑简洁古朴，几乎是凝着某种不动声色的厚重，在小男孩们心中，神神道道的炼丹、玄而又玄的经文、对着星星掐指头算出前世今生，甚至是刻出货真价实符咒的种种神通……哪一个也没有“御剑”两个字吸引力大。

渡劫飞升算个什么？与一剑霜寒十四州相比，大概连传说中的腾云驾雾都要往后排。

只见木椿真人挥动着自己那一身形销骨立的细胳膊细腿，慢吞吞地行至小院中间，像一根挂了衣服的木棍。韩渊饱含期待地问出了程潜想问但是不好意思开口的话：“师父是要教我们练剑吗？我们什么时候才能拿剑？”

木椿真人说道：“不急，入门先用木剑，为师演给你们看。”

说完，他在徒弟们的众目睽睽之下，扑腾起两根胳膊，架起了一个软绵绵的起手式，一招一式地演练起来，一边演练，还一边念叨：“扶摇——木剑法——强身——又健体——通气——还活血——活到——赛神仙。”

程潜：“……”

他刚刚萌芽的呼风唤雨之梦，就这样破碎在了“咚锵——咚咚锵”的“刀光剑影”中。

师父那“精妙绝伦”的剑法很快吸引了一只麻雀落在旁边的木桩上，驻足观看。这实在是世界上最安静的一套剑法，只见那木剑过处，恍如无物，连一丝风都掀不起来，温和至极，有剑尖慢吞吞地走一圈的工夫，任是蜗牛也能爬到树顶了。

配上师父“强身健体赛神仙”的销魂解说，效果令人十分叹服。只见师父抬脚一跨步，回手弯腰将木剑横斜划出，颤颤巍巍地接近着木桩上的麻雀。小麻雀鸟胆包天，一动不动地睁着一双黑豆似的小眼睛，望着袭来的木剑。

木椿真人大言不惭地警告道：“小畜生还不让开，留心本门木剑伤你性命！”

而这样长的一句话说完，他手中的木剑方才递到麻雀脚下。小麻雀听闻这狰狞的警告，不慌不忙地抬起腿，往旁边蹦了一步，完整地迈过了扶摇派的“利剑”，淡定自若地目送着那温柔的剑影飘然远去。

韩渊已经乐不可支，程潜也十分难以理解，他在村口看过的卖艺的武把式都没有这把木剑荒谬，但他并没有贸然发笑，因为他发现师兄们也都没有笑——如果说大师兄是正在整理头发，不便前仰后合，那么热爱癞蛤蟆的二师兄就有些参考价值了。方才还屁股上长钉子似的坐不住的李筠此时非但没有笑，一张总仿佛不怀好意的脸上居然还显出几分专注来，不错眼珠地看着师父跳大神一般的动作。

师父完完整整地演练了扶摇木剑的第一式，最后停在一个金鸡独立、双臂平展的动作上。他手执木剑，伸着又细又长的脖子，做出登高远眺般的模样，摇摇欲坠地说道："此乃我扶摇木剑第一式，鹏程万里！"

可惜他看起来不怎么像大鹏展翅，反而有点像公鸡打鸣。韩渊捂着嘴，脸都憋红了。

师父这回没有姑息，抬手用木剑在他头顶上拍了一下——这动作倒是比方才利索了不少。

木椿真人怒道："我和你说过什么？沉敛收心！浮躁！笑什么？不像话！晚上把《清静经》抄写五遍，明日拿来我看。"

韩渊由于尚不认字，连抄写门规的步骤都被拖后了，闻言立刻涎着脸祭出了他的免死金牌，耍赖道："师父，我还不认字呢。"

木椿真人道："拓下来，照着画——李筠！"

二师兄上前一步。

师父道："你领着师弟们练起手式和第一式，回来我指点你第二式。"

程潜心想：听说他入门一年多了，才学到第二式，难不成就练了一整年的公鸡打鸣？

还不待他惊诧感慨完，李筠已经依言站定，手持木剑，利利索索的一个起手式，竟真带出几分少年人的踌躇满志，这种精气神和半死不活的中老年师父相比，当然不可同日而语。那少年名如翠竹，身也如翠竹，板起一张没什么正经的脸，他手中木剑声如劈风，剑风到处，有股所向披靡的锋锐。

那是少年锐气，锐不可当。

方才淡定的小麻雀受不住这个惊，当即扑腾着翅膀冲天而起。

可还不等程潜和韩渊回过神来，就见二师兄板着脸，气沉丹田，一字一顿地吼道："扶摇木剑法！强身又健体！通气还活血！活到赛神仙！"

少年剑客眨眼间成了个卖大力丸的。

偏偏李筠丝毫也不以为耻，嚎完这段词，他还好整以暇地回头对他两个目瞪口呆的师弟做了个鬼脸。

严争鸣慢条斯理地用一块丝绢擦着他的木剑，在旁边看了一会儿师弟们练剑。

师弟们的剑纯粹是笑话，除了李筠还像点样子，另外两个小东西基本是像举着棍子一样拿着木剑练习杂耍，连拿剑的手势都要别人给他们一一纠正，说“不堪入目”都是抬举这俩小崽。

严少爷的目光转了一圈，最后落在了程潜身上，多看了那小孩几眼。他对自己是个纨绔子弟的事实心知肚明，但认为自己纨绔得一不伤天二不害理，也没碍着谁，于是心安理得，从不悔改，并随心情变本加厉。同时，严少爷也承认自己是有那么一点肤浅——他对自己十分有自知之明，知道自己无论是“学识”还是“人品”，基本都是一点没有，既然他自己都没有这两样，也不便太过苛求别人有，因此严争鸣对一个人的好恶取向，自然也就只剩下了“看脸”一条。

比如韩渊之流，在他眼里就属于十恶不赦的。

对于他这一条铁打的为人处世原则，严争鸣只肯为了两个人例外：一个是师父，一个是李筠。

师父救过他，照顾过他，对他有恩，所以纵然师父长得恶贯满盈，他愿意网开一面地原谅这一点。而李筠和他八字不合，很不是东西，因此纵然长得还算人模狗样，严争鸣还是决定和这货不共戴天。

至于程潜，实际上严争鸣看他是很顺眼的，不然也不会一见面就铁树开花似的给他糖吃。当然，这一点顺眼不足以让严少爷提起多大兴趣，因此看了一眼就移开了目光。他无所事事地拎着自己那把木头剑，堂而皇之地站在一边走了神，琢磨起自己裹足不前的进度来。

严争鸣跟着师父练剑已经快八年，扶摇木剑才勉强练到了第三式。虽然起手式被师父一比画，生生地给比画成了一出中老年人五禽戏，但剑法本身却并不可笑。严争鸣不是无知的小叫花子韩渊，拜入扶摇派前，家里给他请过最好的剑术师父，哪怕他学艺不精，眼还没瞎。

扶摇木剑一共五式，分别是“鹏程万里”“上下求索”“事与愿违”“盛极而衰”和“返璞归真”，每一式有二十五招，数不清的变换，随着这几年年龄的增长，严争鸣有时候几乎有种这套剑法中包罗了天地万象的错觉，在每一点上停下来细想，都能衍生出后续无数种可能。

可这些他的师父从来不讲，木椿只会颤颤巍巍地比画比画基本招，其余一切自行领悟。几次三番，严争鸣都想要问问他为什么不肯将那些精妙的剑招拆开细讲，但无一例外地都被那老黄鼠狼装疯卖傻地混过去了。

严争鸣自己思索了一会儿，站起来，试着走了一遍第三式“事与愿违”。说起来不大光彩，饶是他既不追求文成，也不追求武就，为人懒散，但在这一式上足足卡了两年，也多少有点不好意思。这一式“事与愿违”名字不知谁起的，实在是恰如其分，纠正无数次，他就是不知自己被卡在了哪里，那股别别扭扭的感觉在一招一式中挥之不去。

严争鸣练了一半就停下来，盯着自己的木剑直皱眉。在一边严阵以待的道童与侍女连忙一哄而上，打扇的打扇，擦汗的擦汗。可惜这回马屁拍到了马腿上，少爷练剑练到了瓶颈，正在心浮气躁，被这群蠢货一搅和，更加抓不住心里那一点若隐若现的灵感。他一挥手，恶声恶气地呵斥道：“都走开，别在这碍事！以后我练剑的时候你们不准过来！”

侍女小玉儿忙怯生生地问道：“少爷，这是新规矩吗？”

这话是从何而来呢？只因那严少爷闲得没事，无事生非地立了好多“规矩”——诸如衣服与鞋须得同色，什么时候要来给他梳头，书房桌案一天要擦几次，清早起来喝一杯合口的凉茶之前不开口等等，不一而足，全是他一个人自创。

换个脑子不好的恐怕都记不住，皇帝老儿可能都没有他这许多的毛病。

严少爷脸色还没缓过来，上嘴唇一碰下嘴唇，一条新规矩就新鲜出炉：“以后我练剑的时候，不叫你们，不准随意围过来，现眼。”

听见这句话的程潜吃了一惊，没料到大师兄竟然还知道什么叫“现眼”。

领着程潜的木椿真人在旁边干咳一声，叫道：“徒儿。”

严争鸣一回头，目光就落到了程潜身上，那小孩也不正眼看他，活脱脱一副小家没见过世面的样子，“羞怯”地低着头，亦步亦趋地跟在师父身后……在别人看不见的地方“羞怯”地冷嘲热讽着门派中诸多怪现状。

木椿指着程潜说道：“你二师弟一个人照顾不过来，一会儿你指点一下三师弟。”

李筠何止是照顾不过来，他都已经快带着韩渊上房揭瓦了。

严争鸣自己的剑招还没练明白，毫无指点别人的心情，闻言没遮没掩地皱了个眉，恃宠而骄地冲着师父喷发了他一肚子不耐烦的怨气。殊不知比他更充满怨气的人是程潜，他不明白为什么师父不肯亲自指点自己。大师兄能干点什么？教他怎样照镜子能显得鼻梁高吗？

不过严争鸣到底没当着师弟驳师父的面子，他压下了几乎想要脱口而出的异议，耐着性子问道：“师父，我‘事与愿违’这一式好像总有哪儿不对。”

木椿真人和颜悦色地问道：“哪里不对？”

哪里都不对，通体不顺畅，练这一式，严争鸣觉得身上仿佛江河逆行一样，吃力得要命。但他心里虽然明白，嘴上却一时形容不出自己那玄而又玄的感觉，舌下千言万语涌动，不知从何说起，最后，严争鸣仿佛被什么附身了一样脱口道：“好像是……不大好看。”

冷眼旁观的程潜再次确认，这大师兄就是个穿金戴银的大草包。

师父听了这话，笑容可掬地打了太极，答道：“欲速则不达，这一式你可以再等一等。”

木椿真人永远是这德行，这狗屁师父，不管徒弟问些什么问题，他都从不正面回答，必要高玄枯涩地扯上个大淡。严争鸣对此虽然早已习惯，却仍是忍不住半带撒娇地追问道：“等到什么时候？”

木椿真人温声道：“等你再长高几寸吧。”

严争鸣：“……”

懒散如他，一个月也总有那么几天想要欺师灭祖。

韩木椿将程潜丢给了本门“镇派之宝”，便悠然回到亭中喝茶去了。扶摇派从来秉承着“师父领进门，修行在个人”的古老传统，他们这柴禾棒子师父自收徒伊始，就没露过一丝半毫的真才实学，永远只是用架子货给他们摆一个大框，大框里面填什么，他一概不管。

严争鸣心烦意乱地瞥了他一脸肃穆的三师弟一眼，和这小东西也没什么话好说，便赌气似的随便找了个地方一屁股坐下，靠在一边的石桌上。一个道童上前来，双手捧走了他的木剑，仔细用白绢擦拭。

道童洗他自己的脸恐怕都没有这样温柔呵护过。

随后，原本已经坐下的严少爷又不知出了什么事，诈尸一样，“腾”一下站了起来。只见他修长的双眉一皱，向旁边的小玉儿发出了不悦的一瞥，却又不肯出言提示，弄得那小姑娘在他的目光下一脸惨白，不知所措得都快哭了。最后，还是在旁边等程潜的雪青看不过去了，轻声指点道：“石头上凉，给少爷垫一垫。”

小玉儿这才想起来，自己方才让他们的千金少爷直接坐在石头凳子上，把他老人家的尊臀冻着了！

这可真是罪该万死，她连忙哭哭啼啼地上前，出手如电，给那少爷垫了三层垫子。

严争鸣瞪了她一眼，老大不满意地重新坐下，有气无力地对程潜一抬下巴：“你练吧，我看着，哪里不懂来问。”

程潜则直接将他这大师兄当成了一团有碍视听的浊气，连声都没应，打定主意不搭理对方，自顾自地全情投入到自己的木剑上。程潜从小就趴在树上偷听私塾讲课，那时候他没有书没有本，更不可能开口问谁，所以活生生地偷出了一身过目不忘的绝技。师父的演示又那么清寂和缓，程潜稍微一回忆，木椿真人的举手投足就都列阵在了他的脑子里。

他全凭着记忆，谨慎地模仿着师父那颤颤巍巍的动作，随时将自己的动作与记忆做出对比，以便在身后那货狗舔门帘露尖嘴地开口纠正之前，就自己纠正回来。这样的模仿能力，猴子看了都要自惭形秽，严争鸣起初还有些漫不经心，久而久之，他的目光慢慢凝注在了程潜身上——那小崽子竟擅自将第一式的几招按着师父的口诀拆开来练了。

拆开的招式他会按着师父那种慢悠悠的方式反复练上几次，熟悉一点后，他的目光突然凌厉起来，那一瞬间，严争鸣不由自主地放下伸向茶碗的手——他发现那股蕴藏在剑尖的精气神极其熟悉，这小子在模仿李筠！

程潜毕竟是模仿，再加上年纪小，气力不足，远没有李筠那股孤注一掷般的少年锐气，可是那股精气神一加入进去，他手中的木剑顿时变了——就仿佛原来是一张摊在地上的纸片，此时却渐渐鼓了起来，有了个立体的形！

这形状尚且模糊，因为程潜的剑不说与李筠相比，就是基本招式是否准确，都还有待商榷。严争鸣却在那一瞬间摸到了一点什么，他觉得自己看清了扶摇木剑的剑意。

剑意并不是树上的桃、水里的鱼，没有几十年的工夫，达不到人剑合一的境界，是不可能凝出剑意的——至于程潜，那小崽子当然更不可能比画出什么“剑意”来，他能把剑拿稳了不砸自己的脚已经很不错了。

可是“鹏程万里”这一式，极巧妙地契合了少年人初入仙门的心境，严争鸣想起自己当年看见满山符咒时的感觉，新鲜、好奇，对未来的、不可抑制的想象……那或许不能说是“剑意”，而是扶摇木剑本身暗合了执剑人的心境，是剑法自己在引导拿剑的人！

严争鸣一下站了起来，他旁观程潜的剑，机缘巧合地触碰到了自己以前百思不得其解的东西——剑法中那看不见摸不着的千变万化，以及师父为什么从来不解释——因为这剑法本身是活的。

为什么从第二式“上下求索”开始，严争鸣就感觉到了自己的力不从心，到了第三式“事与愿违”更加难以为继——因为他既不知道上下求索的滋味，也不明白什么叫作事与愿违，木剑已经无法再引导他了。

想通了这层关节，严争鸣就明白，自己该下山游历一番了。

水深火热，可以锻肉体；欢愉离恨，可以锻精神。扶摇木剑虽是入门剑法，却暗合凡人一生起落，这不是闭门造车就能造出来的，他整天泡在扶摇山上的温柔乡里，恐怕千年一岁，万年也是一岁，永远合不上那道红尘翻滚的辙。不是每个人都能得到这种机缘巧合的点化，能知道自己瓶颈在哪里的，一般修行中人遇到这种情况，自然会欣喜若狂，逆流而上，以待破壁。

可严少爷他是一般人吗？

“下山游历”四个字只在他那花瓶似的脑袋里闪现了一瞬，随即就被山下种种风餐露宿、羁旅不便的臆想给淹没了。一提起下山，光是想起要带多少行李，严争鸣都一个头变成两个大，一身的懒筋全出来造反，死活绊着他奔向前程的脚步。

“游历？”最后，少爷心有天地宽地忖道，“谁爱去谁去，反正我不去——瓶颈就瓶颈，管它呢。”

严争鸣下定决心，他打算忽略剑法中那点生涩与不顺畅，反正剑招记住了，他就全当自己学会了，明天就问师父学第四式。于是这胸无大志、得过且过的大师兄，心安理得地偷起懒来，他挥手打出几颗小石子，帮着师父将爬到树上用木剑掏鸟窝的四师弟打了下来，方向精准，力道得当。严争鸣看着趴在地上嗷嗷乱叫的韩渊，自觉功夫已有小成，可以不必太过较真了。

过了中午，师父和弟子们之间一天的相互折磨终于结束了。

除了大师兄以外，其他人各回各院，吃饭休整，下午各自用功——不愿意用功的可以在山上跟猴子们玩耍。木椿真人对弟子一概放养，只是嘱咐他们遵守门规，每月逢初一、十五的夜里老实点，不要在山间乱窜。

眼见道童们陆续将木头与刻刀搬来，李筠就对他的两个新师弟解释道：“那就是符咒，现在只有大师兄能学。符咒分为明符和暗符，明符就是这种刻在什么东西上的，最常见的是木头，如果是高手，金石之类也能作为材料。暗符就厉害多了，水与气，甚至心念都能成符咒——不过那都是传说了，谁也没见过，估计得是大能才做得到。”

程潜装作毫不好奇，其实已经竖起了耳朵。毕竟符咒是仙器的根本，而仙器是寻常百姓对修仙最直观的印象。

韩渊自来熟地凑上去问道：“二师兄，什么是大能？”

李筠冲他露齿一笑，道：“在世的哪个敢称‘能’，真大能早都升天了。”

韩渊对大师兄没什么好印象，但也知道自己惹不起他，何况他这个小叫花子不像程潜那么要脸，记仇也记得不深，一包松子糖足以让他一笑泯恩仇。他有点艳羡地看了看严争鸣那自由散漫的背影，屁颠屁颠地问李筠："那师兄，我们什么时候能学刻那个？"

"我们学不了，"李筠摆摆手，故作遗憾地说道，"要学符咒，得先有气感——你不要问我什么是气感，我也不知道，不过师父说是一种能沟通天地的玄妙感觉……师父么，你以后就明白了，不必太在意他说的话，在意了你也听不懂。"

李筠是个薄嘴唇，嘴角微微上翘，不笑也带着三分笑意，笑起来则越发不像好东西。他说到这，故意停顿了片刻，继而装模作样地皱了皱眉："不过有人终身都感觉不到气感的，有些是因为资质不好，还有些是运气不怎么样。"

韩渊听了脸色一紧，不自觉地挺了挺腰杆："那真是可惜。"

"当然可惜，"李筠道，"没有气感，我们将这木剑练得再好，也就只是强身健体，没什么大用。"

起初，程潜听了李筠的话，并没有走心，因为他心里已经认定了严争鸣是个绣花枕头，严争鸣都能在七八年之内混出气感来，他要是还不如一个枕头，不如趁早死了求仙问道这条心，回去种地做小买卖。可是李筠说到这里，他那话里有话、话里带钩的劲却已经被程潜听出来了。

程潜回头对上李筠的目光，慢吞吞地开了口："我听二师兄这个意思，怎么好像是知道有什么方法能唤醒气感的？"

李筠冲他笑了一下，连眉带眼全都弯了一弯，仿佛一对黑白分明的钩子，意味深长地看着程潜，只是看，却并不搭腔。程潜才不上钩，漠不关心地说道："哦，那太好了，祝师兄早日得偿所愿。"

要真有那么个锻炼气感的办法，李筠入门一年能不去做？分明是打着什么坏主意，要找个替死鬼以身试法。

程潜这小崽子心眼儿恁多，李筠那双钩子眼抽了抽。

韩渊却是个坐不住的，闻言立刻追问道："什么？什么方法？"

李筠于是放弃程潜，转头专门对韩渊卖起了关子："不能说，违反门规。"

他嘴上说"不能说"，语气却是"快来问"。李筠当着他的面挖了个斗大的坑，韩渊也配合得很，二话不说就一脚踩了进去。韩渊仿佛在方才的大变蛤蟆中，已经与新结识的二师兄结为了莫逆，死缠烂打地一个劲追问，李筠"迫不得已"，"百般推脱不过"，终于悄声道："我看过一本书，记的是咱们扶摇山的风物，说这山下镇着大妖，每月朔望之夜——也就是初一、十五，大妖的妖气与月相遥相呼应，山间清气与浊气激荡，会于山穴中，这时候在后山山穴那里，连未入门的凡人也能有气感呢。”

李筠话音一转：“当然，咱们掌门师父有命，众弟子每月初一和十五两夜禁出院门，山穴更是禁地，不能去的。”

韩渊听了，若有所思。

李筠假模假样地劝道：“师弟们刚入门，可能还没开始诵读七七四十九遍门规吧？里面写得清清楚楚的，像小师弟这种好资质，千万要按部就班地修行，总有一天能有气感，犯不着整天惦记着走捷径，违反门规，是吧，三师弟？”

程潜皮笑肉不笑地接话道：“二师兄说得对。”

李筠自上而下地打量了程潜一番，他这不爱说话的三师弟仿佛还没到长个子的年纪，又瘦又小，一低头谁也看不见他的脸。李筠一时间有点弄不清楚，这三师弟究竟是年纪小胆子小，不善言辞，还是该长个子的地方都长心眼儿去了。程潜这句附和噎得他有点进退维谷，李筠勉强笑了一下：“三师弟真是乖巧。”

不远处，严争鸣接过道童递上来的一碗桂花酸梅汤，一抬头刚好看见了这一幕，他一向觉得李筠这小子心术不正，生生在他龇牙笑的时候，从二师弟的双眼里看出了一对鬼胎。严争鸣突然心血来潮，偏头对旁边的道童说道：“你叫那个小的……那个最矮的小孩，我又忘了，叫什么来着？”

道童诚惶诚恐地回道：“那是三师叔程潜。”

“啊，就他，”严争鸣点点头，“让他等我一会儿，等我练完符咒，就说师父让我指点他剑法。”

“让他指点的时候他一声不吭，这会又打起为师的旗号了。”木椿真人闻言慢悠悠地想道，但他抬眼看了严争鸣一眼，并没有开口拆穿——少爷在偌大的山头上长这么大也挺寂寞，难得有个小孩能陪陪他。

道童小跑着前去传了话，程潜听了未置可否，只是觉得大师兄可能是吃错了药。

韩渊却依依惜别地嘟囔道:“我一会儿还想上你那儿玩去呢。”

程潜看了他一眼，心道：你还是被你那二师兄玩去吧。

他怀揣着这样的嘲讽，若无其事地同李筠和韩渊告别，依言静静地等在一边——当然不是为了等那不知是师兄还是师姐的严少爷，程潜其实是对所谓的“符咒”充满了好奇。可惜很快，他就发现，符咒的玄妙是没有气感的人感觉不到的——至少在他看来，大师兄一下午什么都没干，只是在师父眼皮底下，拿着小刀在木头上刻竖道。

此行程潜唯一的收获，就是见识到了师父他老人家严厉的一面。不出他所料，大师兄是个不折不扣的绣花枕头，仅仅坐了片刻，屁股上就好像长出了钉子，左摇右晃，同时将周围一干道童侍女指使得团团转。他一会儿嫌发髻太紧，要重新梳，一会儿嫌身上有汗，要回去换衣服，一会要出恭，一会要喝水……水端来了，他不是嫌凉，就是嫌烫嘴，嫌这嫌那，反正就是坐不住。

他还时常要走神，时常要东张西望，时常要腹诽一下李筠和木椿，间或在心里哼一段侍女们新编的曲辞，反正心思完全不在刻木头上。

程潜虽然不明白木头有什么好刻的，但对大师兄这样的做派，还是颇为看不上地想道：懒驴上磨。

木椿真人早知道他这不成器的弟子得闹这么一出，在严争鸣桌子上放了一个沙漏，沙漏是件精巧的仙器，全部漏完只要半个时辰，漏完以后严争鸣的练习就能结束，不过只要他一走神，那沙子就会立刻凝滞住，半个时辰的沙漏每每能将他拖到天黑。

严争鸣本以为在“得过且过”这方面，他们师徒二人能做一对知音，可每到练符咒的时候，师父都一反常态，变得有些不近人情。木椿真人说过，他其实算是以剑入道的，以剑入道者大多心志坚定，不过也有例外，比如严少爷，因此必须加倍地锻造，才不至于废了。程潜在旁边看了一会儿，感觉对自己毫无进益，就收回了目光，悄声问旁边的道童要来了纸笔，他开始做起这一天的功课——先默写门规，再默写师父上午念的《清静经》。

木椿见了，严厉的神色终于柔和了些，冲他招招手：“程潜这边来，你那里背光。”

严争鸣一皱眉，抬头对上师父的三角眼。大中午的哪有什么地方背光？这分明是师父在给他好看，让他看看自己还不如这小不点坐得住。严争鸣偏头看了一眼程潜的字，一时间忘了是自己要把他留下来的，不讲理地迁怒道：“狗爪子按的都比这个工整些。”

程潜毕竟幼小，城府有限，闻言头也不抬地做出了反击：“多谢师兄教诲，狗爪子按得再工整也没用，因为那畜生压根坐不住。”

说完，他意有所指地瞥了那沙漏一眼，而严争鸣七窍生烟地发现，那该死的沙漏果然又停了。

木椿真人本来想得很美——大徒弟虽然想得开，但性情浮躁，小徒弟虽能凝神静心，却是个爱钻牛角尖的，两个小东西如果能互相中和，那么再好不过。

可惜，看来还没来得及中和，两人已经快要掐起来了。

木椿真人只好先将两人拆开，令道童带着练剑练出一身汗的程潜下去沐浴更衣，再集中火力对付他颇为不好对付的首徒，他

“嗡嗡嗡”地重新叨叨起了《清静经》。师父以其黄鼠狼之姿、公鸭之嗓、不知所云之经，成功地搅合得桌上沙漏一动不动，让他的开山大弟子心烦意乱，几欲暴起咬人。

严争鸣忍无可忍，将刻刀往桌上一丢，怒道：“师父，你做什么？”

师父眼皮都不抬地说道：“徒儿，你心不静，为师念段《清静经》给你清清心。”

就在师父用一张嘴将严争鸣念得痛不欲生时，程潜回来了，严争鸣正头疼得很，终于找到了找碴的机会。他微微一抽鼻子，愤然道：“你们用茉莉香给他熏衣服？这是什么毛病？想呛死我吗？”

道童唯唯诺诺，没敢说是程潜自己乐意的。

严争鸣冲着道童吼叫道：“换成……”

旁边木椿真人的声音越发拔高：“——故天清地浊……”

这一吊嗓子，声如锯木节节嘎吱，严争鸣简直服了：“师父，我哪里心不静！”

木椿掀了掀眼皮，心平气和地说道：“心不静才会为外物所扰，才会顾忌香气扰人，不如这样吧，别拿你三师弟当香炉了，为了助你修行，就由为师今日搬去你那温柔乡，给你念上一宿经文好不好？”

严争鸣：“……”

这老黄鼠狼念经有瘾，在这方面绝对说到做到，被他念一宿经文还有活路吗？思及此处，严少爷只好忍气吞声地坐下来，愤愤地拿起小刀，鞭尸似的在木头上刻竖条。

“香炉”程潜默默坐下来继续做功课，感觉自己身边坐了一只炸毛的大兔子。师父说韩渊心浮气躁，也不知道谁才是真的心浮气躁，人家韩渊起码还只是自己浮躁自己的，这位倒好，还得把身边的人都祸害个遍。

而程潜认真起来，是真能做到“不为外物所扰”的，他比对着记忆中木板上的门规，一丝不苟地临起了盲帖，很快沉浸在写字的乐趣中，而萦绕周遭的花香味仿佛也有助于人安神，他逐渐将他毫无定力的大师兄忘在了一边。严争鸣暗自生着闷气，又闹着要点心，吃完感觉噎得慌，只好站起来在亭子中间来回走了好几圈。很快，他就发现没人理他，师父端坐蒲团上，眼观鼻、鼻观口，一动不动地坐禅，口中还念念有词，仍然不依不饶地沉浸在方才的经文中，而那个新来的小崽子在一边绣花似的写着他猪狗不如的字，头都没有抬一次。

有这一老一小，亭中气氛宁静得近乎是凝滞了，连侍立一边的道童们都忍不住屏息凝神。异样的宁静让严少爷感觉到了一丝尴尬的无趣，他无可奈何地坐回到沙漏前，无所事事地发了会儿呆，认命地再次拿起刻刀，做起千篇一律的练习。这一回，他竟没再闹幺蛾子，直到桌上的沙漏突然发出一声轻响，严争鸣才骤然回过神来，发现他这一天的符咒时间竟然提前结束了。

接下来的几天都是这样，清早，四个人生无可恋地听师父念经。

也不知道师父哪儿找来的那么多经，一天念一部，几乎不带重样的，念完道经念佛经，念完佛经念自编经，内容天马行空，从不为门派所限，以至于时常自相矛盾。

念完经，又要练剑。

严争鸣果然臭不要脸地假装自己将前三式融会贯通了，不求甚解地跟着师父学起了第四式，李筠也因为新学的剑招收敛了一些，不整天在山头上招猫逗狗了。程潜自然不必说，唯有韩渊还在坚定地拖着全体后腿，没心没肺地将传道堂附近的鸟窝祸害了个遍。

下午，严争鸣被关在传道堂中，阴云罩顶地刻木头，程潜或者在一边做功课，或者帮师父修剪花木，师父仿佛有意要将他幼年时代没有受过的疼爱都一起补回来，总会给他留一些小孩都爱的零嘴儿，还会在严争鸣怨气深重地刻木头的时候，特意嘱咐程潜歇一会儿，给他讲几个稀奇古怪的民间故事。

严争鸣有时候感觉这小矮子纯属来争宠的，然而不能否认，有程潜在旁边，他也近朱者赤地能稍微坐上一会儿了。这一天，沙漏漏干净了，严争鸣拿刻刀的手还有一点发麻，整个人怔怔的。就在方才，他感觉到刻刀与木头相接的摩擦，产生了某种近乎玄妙的力量。一个微有些沙哑的声音在他耳畔炸起："凝神，引气入海，大曰逝，逝曰远，远曰反，周而复始，此用无穷……"

程潜极有眼色，没等师父说，他已经自发地站起来退后了一步，与此同时，他感觉一股说不出的气流在他周身盘旋片刻，而后仿佛江河入海一样，归于大师兄身上。

那是他第一次触碰到这个世界压抑的秘境，程潜不知道当时严争鸣是什么感受，但他听见了一个模模糊糊的声音，此时，夕阳沉到了扶摇山的另一侧，这充满了灵气的山间充斥着某种欲语还休的回响，无数人汇聚了无数声音，程潜突然有种奇怪的感受，似乎那一时一晌，是遥远的过去与模糊的未来隔着经年窃窃私语，而他拼命地想要听清，那些话音却如岁月中的流沙，轻飘飘地便将他丢在身后。

程潜几乎痴了。

突然，一只手抓住了他的肩膀，程潜好像从一场光怪陆离的梦魇中惊醒过来，猛地一激灵，回头看见了木椿真人。木椿居高临下地盯着他，程潜惊觉脸上微凉，伸手一抹，竟然发现自己不知什么时候已经泪流满面。

他一方面是尴尬，一方面又不明所以，只好茫然地看着师父。

“五色令人目盲，五音令人耳聋，五味令人口爽。”木椿真人的声音好像凝成了一条线，直直地戳进了程潜的耳朵里，“多见多闻多思多想，你还修个什么自在？醒来！”

那声“醒来”如当头棒喝，程潜脑子里“嗡”的一声，再一睁眼，大师兄依然坐在原地，似乎是入了定，桌上散乱了一堆被刻得乱七八糟的木头。

程潜呆呆地被木椿真人揉了一把头发，问道：“师父，我刚刚听见有人说话……”

木椿真人神色一缓，笑道：“哦，那是我派列祖列宗。”

程潜吃了一惊。

木椿真人说道：“我派传承至今已有上千年之久，有一帮祖宗有什么稀奇的？”

程潜：“他们现在在哪里？”

木椿真人悠然说道：“当然是都死了。”

程潜瞪大了眼睛："不应该是得道升天了吗？"

木椿真人低下头，慈祥地看着他，反问道："得道升天和死了有区别吗？"

程潜一愣，随即似懂非懂地说道："当然……当然有区别，得道升天不就是长生不死的意思吗？"

木椿真人仿佛被他逗乐了："你啊……小豆子一个，说什么死不死的，这些事等你长大了就明白了。"

说完，他走了几步，回到传道堂的主位上，一屁股坐下，看着入定的严争鸣，有点愁眉苦脸。程潜听他念叨道："怎么这个时候入定？真会挑时候，晚膳去哪里用？"

程潜："……"

晚饭被搬到了"传道受业解惑"的传道堂里，在散落的符咒与经文中间，一只烧鸡玉体横陈，周围还有一堆小菜，以及一个入了定、人事不知的大师兄。木椿让程潜跟他一起席地而坐，他就像邻村韩大爷一样爱怜地给程潜夹了一块肉，并将不知是谁抄经的纸拉过来垫在刻符咒的桌面上，嘱咐道："多吃点，长个子——来，骨头吐在这上面。"

程潜默默地端起饭碗，感觉自己以后再难以对这传道堂有半点敬畏之情了。

饭后，木椿要留下来给大徒弟护法，嘱咐道童给程潜包了半斤点心，以防他半夜饿。这日正是十五，传说中禁闯山穴的日子，但木椿并没有对程潜多加嘱咐，似乎认定了他晚上回去会老老实实地临摹默写门规，不会出来捣蛋。

程潜确实不会，不过不代表别人不会。

他前脚刚回到清安居，韩渊后脚就跟着来了。韩渊一进门，先大惊小怪了一番，完事顺手拿走了程潜放在院里的点心，先啧啧称赞地吃了大半，这才喷着点心碎屑说道：“你整天和大师兄混在一起有什么意思——还不如每天跟我们走，二师兄教了我好几招，第一式我都快学完了。”

程潜躲开如大雪纷飞的点心屑，笑而不语地看着他师弟这个蠢货，心说：这就学完了第一式，再过两天，他想必就能上天了。

韩渊又对着程潜的小院指指点点道：“你这里也太破了，也就比师父那强一点，明天你看看我那院里，我那院有你这个十个大，后面还有一个大水塘，夏天可以下去游泳——你会水吗？唉，算了，你们这些家里养大的小孩一个个都不敢出门，别提下水了，以后我带你去，保证一个夏天，让你变成‘浪里白条’。”

对于这样的好意，程潜实在敬谢不敏，他真的不想和韩渊这样的人间渣滓一起浪。

小叫花子利用东拉西扯的时间，吃完了程潜带回来的点心，终于停止了毫无意义的闲聊，说起了正题。他打了个饱嗝，坐直了，压低声音说道："你还记得二师兄说过的……山穴的事吗？"

程潜早料到他有这一出，于是波澜不惊地回答道："师弟，那是有违门规的——既然你已经将本门剑法学得差不多了，门规上的字你认全了吗？"

韩渊觉得这个比自己年纪还小的师兄有点不可理喻，便充满优越感地教训道："背门规有什么用？我真是再没有见过比你更死心眼儿的了，你没听见二师兄说吗，没有气感，学会了全套剑法也是个跳大神的。一步一步地来，那得磨蹭到什么时候？做人不能太墨……墨守……守那个什么。"

程潜："墨守成规。"

韩渊一摆手："随便吧，总之我要去山穴，你去不去？"

程潜将一脸"忠厚老实"均匀地铺平摊开给韩渊看，说道："我可不敢。"

他想都不想就一口回绝，韩渊先是失望，随即又有点不屑——这种头脑简单四肢发达的小男孩通常都看不惯程潜这样"唯唯诺诺"，只知道按部就班的"乖"孩子。

"家里养的。"韩渊嘬着牙花子，不怎么高兴地看了程潜一眼。

至于程潜，则完全把他的师弟当成了一条智力情况堪忧的癞皮狗，感觉对此人一切爱恨情仇都是浪费感情，于是毫无态度地端起了茶杯。韩渊又看了他两眼，看在早先一包松子糖的份上，逐渐没了脾气。他带着一点“哀其不幸、怒其不争”的怜惜，还有满腔野狗看家猫的高高在上，再次对着程潜摇头叹息：“家里长大的小孩，都是瓷做的。”

下午在传道堂，程潜已经感觉到了这山的灵性与暗藏玄机，同时，他也猜出了李筠是怎么想的，李筠肯定是好奇初一、十五的山穴那里有什么，又不肯自己冒险犯门规，大概早就计划着给自己找个替死鬼了。

韩渊在程潜这里蹭了一顿夜宵吃，虽然没有把人说动，也不算全无收获。“瓷做”的程潜彬彬有礼地将韩渊送到了门口，目送他离开，等着看这冤大头的下场。

犯了门规会怎样呢？程潜漫不经心地想道，抽板子？打手心？抄经——要是抄经就没什么大不了的。

可是他没想到，直到第二天，韩渊也没有回来。

第四章

后山

韩渊丢了。

晨课停了，师父连他心爱的经都没顾上念，领着一帮道童，他们将整个扶摇山掘地三尺，没找着人。

程潜还没弄清楚韩渊说的“山穴”是什么，当然也没觉出严重，师父问起的时候，他便痛快地将韩渊头天晚上撺掇自己跟他一起探山穴的事说了。

师父的脸色当时就变了。

“十五夜里探山穴？”本来烂泥一样靠在石桌上的严争鸣插了句嘴，“他这是找的哪门子死？”

李筠一直眼观鼻、鼻观心地假装无动于衷，直到听见严争鸣这句话，他才终于忍不住抬起头来，带着几分急迫问道：“大师兄，十五夜里的山穴到底有什么？”

所谓的“山穴”，说的是后山一个天然的小池，其实是没什么稀奇的，顶多就是水有点深。门规只说“朔望夜，禁往山穴”，没说其他时间也不让去，李筠就去过不止一次，只是一直也没看出那水塘有什么玄机。

严争鸣转向李筠，皱眉道：“我记得我告诉过你吧？山穴连着后山群妖谷，妖谷虽然有大妖守门，可是朔望之夜月相特殊，石门大开，再加上那些修为不精与凶性未除的大小妖物们难免躁动,为防意外,本门才禁止学艺未成的弟子在这时候去后山乱转。”

李筠愣了——严争鸣确实告诉过他，可那货的原话根本没有这样有理有据！严争鸣的原话是“你问山穴里有什么？当然是大妖怪啦，像你这样的小肥羊，一口一个，都不够人家塞牙缝的，没事少去闲晃，别给人家送菜。”

这种好像“不好好睡觉老狼就叼了你去”的鬼话，谁能听出它居然是真的？

下一刻，李筠回过神来，脸色骤然惨白下来——是他把韩渊支去山穴的！

李筠确实没安好心，故意引诱韩渊替自己探路，可他只是想着，万一被逮着违反门规，韩渊会替他被师父罚着多抄几遍门规而已，他从来没有想过要害死韩渊。

木椿真人一把抓住程潜的肩膀:“他有没有说为什么要去?”

程潜听了严争鸣的话，还没从震惊中回过神来——他心里绝不比李筠好受多少，因为他知道，自己不单是半个知情人，还是个等着看热闹的知情人。

程潜虽然性情冷漠又尖锐，却还不至于到恶毒的地步，如果韩渊的下场是被师父拖回来打一顿手心，那他肯定会跟着幸灾乐祸，可如果韩渊会死……他一时手脚冰凉，好一会儿才在师父的注视下艰难地找回自己的声音：“师弟说，初入仙门的人，朔望夜里在山穴边上能产生气感……”

程潜没有供出李筠，因为感觉自己和李筠一样卑劣，如果这种时候还要互相攀扯，那就太无耻了。可惜事与愿违，他话音没落，那缺心少肺的严少爷已经自动将他的话补全了。

“那小丑八怪连气感是什么都不知道，”严争鸣不近人情地道，“这种事我都不用问，准是李筠撺掇的。”

李筠慌乱之下，本能地站直了几分，为自己辩护道:“我……我只是说一个猜测，又没有让他去山穴，谁会知道他入门才这么几天就敢公然违背门规……”

严争鸣冷冷地截口打断他：“你还有脸在这废话，李筠，你心术不正不是一天两天了，别以为躲在后面煽风点火，别人就不知道你干了什么——至于那小丑八怪，我看也不用找了，他要是被拖进群妖谷一宿，现在收尸都晚了，骨头渣子都指不定被什么东西嘬干净了！”

前半句还没什么，反正他们俩互相看不顺眼不是一天两天了，可严争鸣的后半句话却把李筠的脸色给说得又白了一层。李筠猛地站了起来，几乎碰翻了桌上的笔墨：“师父，我……我……我……”

木椿真人一双沉沉的目光落到他身上，李筠不由自主地避开，脑子里空白一片——他既没有勇气承认是自己撺掇韩渊去的，也没有勇气面对自己可能已经害死了小师弟的事实。

他如果真有这样的勇气，想看山穴早就自己去了，还用得着四处找替死鬼吗？懦弱也许是个陷阱，一错脚就会踩进去，逃避一时，懊丧一世。

李筠躲躲闪闪的目光无处安放，最后病急乱投医似的落到了程潜身上，他近乎是慌不择路地对程潜道：“三师弟，你听见了，我……我昨天没有骗他去山穴的意思，对不对？我没有说过让他去山穴，我还告诉过他，那是违反门规的。”

程潜没吱声，木椿真人已经站了起来，李筠手足无措地叫了一声“师父”，还没来得及说出后文，就见木椿真人仿佛被某种看不见的东西凭空拉扯了一把，用跌坐的姿势重重地摔回到了石椅上。

这动静有点大，连正忙着和李筠吵架的严争鸣都莫名其妙地回了一下头：“师父，你怎么了？”

木椿真人没有回答，他仿佛不知道屁股疼，淡然地顺势调整了一下坐姿，才摆摆手道：“都少说几句——程潜，你将那边挂着的老桃木料取来给我。”

程潜不敢耽搁，将挂在传道堂一角的一块半尺见方的“平安无事”牌取了下来，递给师父。

木椿真人垂着眼，端坐堂前，似乎和往日没什么不同，但程潜敏感惯了，别人出一声长短气他都能听出个喜怒哀乐。此时看着师父，他虽然说不出什么道理，却始终觉得师父身上好像有什么地方不大对劲。纵然是熟悉的面孔与熟悉的坐姿，他整个人却笼上了一层说不出的阴郁冷肃。

程潜心里暗暗疑惑——师父是让韩渊的事给气疯了，还是方才那一下撞了尾巴骨？

没容他仔细思量，便见木椿真人忽然并指如刀，向那块老桃木划去。他的手苍白而衰老，布满了干燥的皱纹，枯瘦如同鸡爪，指尖却仿佛寒泉里泡过的冷铁，凝着逼人的寒意与戾气。程潜狠狠激灵了一下，这才知道，原来没有气感的凡人照样感觉得到符咒的威力，只是要看那符咒是出于谁手。

在场所有人都感觉到了符咒成型时那不可思议的力量，整个扶摇山好像被木椿这一道符咒惊动，战栗不已。顷刻符成，木椿真人收指，竟没有一片木屑沾在他的手指上，他居高临下地审视着新成的符咒，脸色有些冷淡——不是看木头这种死物的冷淡，他盯着那道符咒，却像是在看一个人，带着几分说不出的苛求与鄙夷。

“争鸣，过来。”木椿真人叫过自己的首徒，平日里拖拖拉拉的语气荡然无存，一字一顿，仿佛是个久居上位的人，让人本能地生不出什么反抗之心，他将木牌交给被符咒的力量惊呆的严争鸣，嘱咐道：“你拿着这个，下山穴，找紫鹏真人，与她交代清楚来龙去脉，叫她帮忙——放心，你小师弟现在血脉并未断绝，未必就被山穴里的妖怪吃了，只是动作要快。”

严争鸣虽然平时骄纵惫懒，也知道轻重，此时人命关天，师父也没有别人可以差遣，闻言，他既没有找事，也没有废话，接过符咒，转身拿起自己的佩剑，便匆匆往传道堂外走去。程潜顾不上再琢磨师父的不对劲之处，在他心目中，大师兄是顶顶不靠谱的一个人，师父派他去救人，程潜怀疑韩渊是要小命休矣。于是他想也不想地拎起一根木剑："师父，我也要去！"

木椿愣了愣，随即在严争鸣的白眼下点了个头："嗯，去吧。"

旁边的李筠见此，也连忙追过来，轻声细语地哀求道："师父——师兄，也带上我吧。"

严争鸣板着脸，没说行也没说不行，兀自加快了脚步，任凭两个小累赘跟着。他边走边从怀中扯出一块白绢，与老桃木的木牌一同丢在程潜手里，吩咐道："你去了也管不了什么用，先给我把那上面粘的木头屑擦干净。"

大师兄百年难得一见地行动迅捷，程潜也是百年难得一见地没犯小心眼儿。他紧走几步，一边擦着符咒，一边好声好气地打听道："师兄，紫鹏真人是谁？"

严争鸣没讨到骂，也只好偃旗息鼓，沉默片刻后，他语气平淡地回道："紫鹏真人是镇山穴的老妖，还算好说话，我以前给她拜过年。"

"是什么妖？"程潜又问道，"师父亲自去拜会不好吗？"

"当然不好，"严争鸣神色颇为不耐烦，脚下走得飞快，程潜倒腾着小短腿，得一路小跑才跟得上，风中传来他大师兄的回答，"师父不便见紫鹏真人，因为她是只老母鸡——我说你要跟就好好跟着，哪来那么多问题，小心入了妖谷犯忌讳，让人把你留下来跟那小子做伴。”

程潜过了一会儿才反应过来，师父不见紫鹏真人，没准是要避嫌——毕竟，“黄鼠狼给鸡拜年”听起来可不像好话。

他想到这里，眼角猛地一跳，这也就是说，师父他老人家真的是一条隐居深山的黄鼠狼！

此时，隐居深山的黄鼠狼情况不怎么好，程潜他们仨一走，韩木椿立刻屏退了一干道童。片刻后，他整个人烂泥一样地瘫倒在桌上，随即，一股黑烟从他心口处冒出来，他方才竟被人附了身。附了他身的黑烟落在一边，成了个影影绰绰的人形。木椿真人方才那只刻过符咒的手哆嗦得厉害，哑声道：“你疯了吗？”

黑影回道：“我的印记过处，就是妖皇也不敢造次，那几个孩子只要拿好了我的符咒，肯定没事，这一趟也就是一场游历，你可以放心。”

木椿真人沉着脸，身体仿佛被什么束缚，站不起来，只好沉声说道：“我虽然才疏学浅、老眼昏花，但也还没花到看不出‘明暗双符’的地步，只不过去一趟后山的妖谷，普通的引雷符都能护身，何况以紫鹏的为人，也不会为难几个小孩……你到底想干什么？那套嵌在其中的暗符载体是什么？”

这一次，黑影没有回答。

木椿真人喝道："说话！"

那黑影却像一团烟一样，倏地在他面前散去，杳无痕迹，只留下了一声若有若无的叹息。

拜入扶摇派还没满一个月，程潜就遇到了他人生中最大的一场危机——他要跟着自己只会臭美找事的娘娘腔大师兄、心术不正的小白脸二师兄，作为一只黄鼠狼的弟子，去鸡窝里搭救他那凭着叫花鸡入门的四师弟。

万一神鸡真人不肯放人怎么办？

万一他们去的时候，四师弟已经变成了谁的盘中餐怎么办？

程潜低头看着手中的符咒，师父刻完木牌以后直接就丢给他们，也没说这东西有什么用、该怎么用，但当时大师兄拿了就走，也没见开口问，难不成他心里有数吗？程潜踟蹰再三，始终不敢相信大师兄宽广的心胸中还能有"数"，于是再次硬着头皮，虚心地问道："大师兄，你知道师父给的符咒到底是什么吗？"

严争鸣想也不想地答道："引雷的。"

见他回答得这样痛快，程潜不由自主地松了口气。果然，大师兄毕竟是有气感、学过符咒的，不然不会这么成竹在胸。

如果程潜能对他们家大师兄那“一瓶子不满半瓶子晃”的程度有更多的了解，他的心就不该放得这样早——严争鸣其实就是大概扫了一眼，稀里糊涂地认为这玩意长得和引雷符差不多，就坚定不移地给程潜下了结论。他喜欢学剑，天生坐不住，根本不耐烦每天坐在那刻木头。每每为了应付师父检查，才敷衍了事地将常见的几个符咒记了个大概形状，不知道符咒一事，失之毫厘就会谬以千里。

三个不靠谱的半大少年很快到了后山，后山有个直上直下的悬崖，从山石罅隙中，能窥见底下的万丈深渊，阴风就是从那些石头缝中翻滚上来的。程潜情不自禁地往下看了一眼，当时就觉得自己的心忽悠一下跳空了，那下面太高了、太深了。他从没有爬到过这么危险的地方，一开始他下意识地缩回头，心里狂跳。可是过了一会儿，可能是缓过来一点，那深崖又仿佛对他生出了某种无可名状的吸引力。

程潜深吸一口气，忍住恶心，小心翼翼地再次探头往下看了一眼。也许是平时循规蹈矩惯了，程潜第一次发现自己有点喜欢这种临深渊的险地。

“看什么？想摔成个兜不住馅的肉饼吗？”眼见程潜半个身子都探了出去，严争鸣一抬手捏住他的肩膀，将他拽了回来。

山穴是一方寒潭，循着水声，严争鸣面色不虞地在一块大石头上卡了卡他脚底下的泥，转头看了李筠一眼：“你不是一直想看山穴长什么样吗？这回如愿以偿了，随便看吧，看瞎了算。”

李筠面无人色，程潜见状不由得心惊肉跳，万一这两位师兄相互撕咬起来，他这不值一提的小个头可没法平息战火。可出乎意料，李筠一声没吭，心甘情愿地受了气，好像严争鸣多刺他两句，他心里就能好受一些似的。

严争鸣剜了他一眼，领着两人走到了山顶大池边上站定。

“都会水吗？”严争鸣问，随即，他也不等人回答，便自顾自地说道，“不会也没事，憋一口气，跟紧我，下去别乱扑腾。”

说完，严争鸣带着十分嫌弃以及无可奈何的神情，好像被逼着摸狗屎一样，满脸厌恶地捉住了程潜的手腕。

程潜长到这个年纪，还从未接触过这样一双手，这比他见过的所有人——甚至比给大师兄梳头的那个小姑娘的手都要细致，保养得极其精心，只有握剑和握笔的地方有些许不明显的小茧，并不厚，可见这货平时也不怎么肯用功。

除此以外，那手上竟连半个小倒刺都没有，实在是一只罕见的白皙美手。下一刻，程潜就被这只白皙美手给拽进了水里。水凉得刺骨，程潜一口气险些没憋住，周遭尽是三人跳下来时激起的水花泡沫，一时间让人找不着北，程潜紧紧地抱着怀里那块木牌，不辨南北东西地被严争鸣拉扯着往前走去。

不多时，一块巨石便拦住了三人的去路。

严争鸣拽过程潜的袖子，拿他的袖子当了抹布，擦去石头上的苔藓水草，见石面上刻了北斗七星，他在七星勺口处比画了几下，然后再对准某个地方，用拇指按了下去。倘若熟知星象，就会知道，严争鸣按下的位置正是夜空中北辰所在，一指下去，只听“轰隆”一声巨响，石门大开，程潜差点被巨大的水流冲走，他手脚并用地抱住石门，奋力往前扑去。

随即，程潜吃惊地发现，他的双脚踩在了实地上。

大石门后面有一条细长的通道，贯穿水中，像有什么看不见摸不着的东西，将水隔绝开去，程潜身上的水珠落下，又悄无声息地重新融入水中，周遭潭水都被阻隔在外，周身衣服也自动干燥起来。他们脚下则是一排仅供一人通过的石阶，蜿蜒盘旋到看不见底的山谷之下。

严争鸣将他那花里胡哨的佩剑拎在手里，看得出来，他大概是不想惹怒什么人，纵然十分戒备，他仍没有将剑拔出来。

石阶仿佛永远也走不到头，随着他们逐渐深入，周遭也越来越阴冷难忍。

一直一声不吭的李筠终于忍不住开了口："他……小师弟到底是怎么下来的？他一个人怎么有胆子在这种地方下到这么深？"

这话也问出了程潜的疑问，因为在他不深的了解里，韩渊那个怕狗的怂货万万没有这样英勇的探索精神。

"废话，朔望夜里千妖朝月，石门大开，山谷浮起，昨天晚上他看见的山穴当然不是这样，"大师兄板着一张债主脸，骂道，"问的鬼话都不过脑子。"

一句话扇了两个人的嘴巴，"不过脑子"的李筠和程潜无言以对。

这时，严争鸣猝不及防地停下了脚步，跟在他身后的程潜一没留神，一头撞了上去。

他年纪小，个头堪堪到严争鸣胸口，因此严争鸣不怎么费力地一伸手，便将他拦在了身侧。大师兄身上寒潭水也冲不下去的兰花香险些把程潜呛出一个喷嚏，随后，他听见"嘶啦"一声，一低头，发现大师兄竟将自己那半截沾了水藻和污物的袖子给扯下去了。

严争鸣理直气壮地嫌弃道："擦过石头的袖子怎么还在？你也不嫌脏。"

莫名其妙做了“断袖”，然而程潜已经无暇计较，只见石阶不知什么时候到了头，挡在他们面前的，是一个两人多高的洞口，两扇本应关着的大石门敞着，露出了里面阴幽森然的一角。

“奇怪，”严争鸣低声说道，“紫鹏真人没关门？”

人妖殊途，严争鸣自己就很讨厌多毛的飞禽走兽，因此推己及人，感觉自己这个没毛之物，在此地也不会太受欢迎。山穴本就不是什么好来的地方，这日的不同寻常，更是让从来都没心没肺的严争鸣也心生不安。

严争鸣迟疑了片刻，顺着打开的石门缝隙走了进去，扑面而来的是一股甜香，但他那事儿多又娇贵的鼻子却从中嗅到了一丝浅淡的腥气。内门的石墙上刻着一根鸡毛，此时，那印记十分浅淡，尾部竟几乎看不清。不用有什么常识的人也能猜出，印记的主人情况可能不怎么好。

严争鸣打眼一扫，心里打了个突，紫鹏真人怎么了？她到底是自己寿数将尽，还是被什么人害了？

紫鹏真人是个有八百多年道行的大妖，神通广大，按理不应该任由他们几个人这样悄无声息地溜进来。严争鸣谨慎起见，没有出声。他回头对身后两个讨厌的师弟做了个“安静”的手势，自己蹑手蹑脚地走到内里一道锁着的石门前，试探着拧动上面的机关。

拧到一半，他又想起了什么，动作一顿，冲李筠和程潜鼻子不是鼻子眼不是眼地低声咆哮道：“躲远点，没有眼力见儿，站在那儿当靶子吗？”

程潜和李筠立刻应声退避两侧。

严争鸣将机关拧到了底，只听一声让人牙酸的“吱呀”声，石门发出了一声嘶哑的呻吟，程潜胳膊上的鸡皮疙瘩陡然冒出了一片，一股血腥味直冲他脑门，随即，他听见了不祥的风声，还没来得及出言示警，程潜的眼角已经瞥见了剑光一闪。大师兄抽出了他的剑，那是一把真剑，剑光雪亮，近乎灼眼，一股阴冷的气流随着他剑光过处，被他全力调动了起来，在小小的石门内掀起一个旋涡。

可惜，少年人这一点力量在大妖眼里只是蚂蚁撼树，严争鸣感觉到虎口巨震，那双养尊处优的嫩手无论如何也受不住这撕裂一般的撞击，他未及反应，握剑的手已经不由自主地松了。

“呛啷”一声，佩剑掉在地上，严争鸣整个人往后连退了七八步，刚才提剑的手几乎没了知觉。

三个少年惊疑不定地低头望去，只见那雪亮的寒光宝剑旁边，是一根撞飞了它的羽毛。

可怕的沉寂弥漫开来，严争鸣的脸色难看极了。

良久，他才皱着眉，掸了掸身上沾的土，开口说道："晚辈扶摇派严争鸣，奉家师之命，前来拜见紫鹏真人。"

洞里人的回答是一声怒喝，撞在耳朵里嗡嗡作响，程潜顿时胸口一闷，一阵恶心，险些吐出来。

通过回音，程潜才艰难地分辨出对方说了什么。

里头那人言简意赅，厉声道："滚！"

那是个苍老的女声，粗砺沙哑，掺着几分阴森的恶毒，完美地契合了乡野传说里吃人挖心的老妖婆形象。程潜揉着耳朵，不明白"扶摇派"和"家师"这两个词中的哪个激怒了她。大师兄不是说他曾奉命来给这紫鹏真人拜过年吗？难不成他当时只是隔着三里地作了个揖？

程潜惊疑不定地扭头去看严争鸣。

要说起来，程潜和李筠这两个小崽，一个自视甚高，一个满肚子贼心烂肺，全都不肯承认大师兄有什么了不起的。可仅就眼下这个危局来看，程潜他们都得同意——万一动起手来，大师兄是唯一还勉强能指望的。

可惜，大师兄作为他们中的最强战斗力，剑才刚出鞘，就被那老妖怪一根鸡毛打飞了。

严争鸣额角的冷汗已经顺着脸颊流下来了，但他不知是为了面子还是怎样，愣是半步都没有退，甚至挤出了一个有点倨傲的微笑……不过虽然很英勇，程潜还是希望他不要笑了，大师兄一笑就让人想拿鞋底抽他，真惹怒了那大妖就不好了。

“真人不方便见客，我们这些小辈本来也不该来打扰，只是昨天夜里,本门有个不懂事的小师弟误入山穴,已经失踪一宿了。”严争鸣艰难地扛着老妖洞穴前巨大的压力，想让自己听起来更有理有据一些，“我听家师说，自我派开山时，山穴中的诸位前辈就一直与我派比邻而居，这些年来一直相安无事，真人大人大量，想必也不愿意因为一个小孩子伤了双方的和气吧？”

这一番话说得虽然不算太流利，却也让程潜叹为观止了。

一方面,他没想到坐都坐不住的大师兄居然有胆子杠上大妖，另一方面，他发现原来这富家少爷不是不会说话，而平时表现得像根活棒槌一样，完全就是他恃宠而骄故意的。可惜这番有理有据的长篇大论打动了程潜，却没能打动山洞中的老母鸡，紫鹏真人听了以后，回答依然是油盐不进的一个字：“滚！”

严争鸣接连被扫了两回面子，险些恼羞成怒，不过他还是在最后关头按捺住了——严少爷只是任性，并不热爱作死，一个人长到了十五六岁，但凡脑子里还有一根筋能稍微转动，他就分得清谁惹不起。

紫鹏真人碾死他们仨不比踩死几只蚂蚁多费什么劲，严争鸣咬咬牙，心里着实又困惑又焦躁，他没吹牛，以前他确实代师父和这老母鸡打过几次交道，分明记得对方脾气虽不怎么样，却也不会自贬身价，和一个刚入门的凡人少年一般见识，从来没有这样声色俱厉过。

严争鸣心说：山穴里肯定是出了什么大事。

李筠忍不住低声说道："师兄，她不让我们进去，我……我看，我们要不然还是回去找师父吧？"

对紫鹏真人，严争鸣不敢造次，可对这搅屎棍子似的师弟，他可就没那么客气了，严争鸣头也不回地说道："我们走过来就花了将近一个时辰，现在再走原路回去，把师父找来，来往少说半天，你是要请他来认尸吗？"

巍峨的山门与险恶的阴气吹化了李筠额上的汗，他狠狠地打了个寒战，李筠一只脚再次踏进了懦弱的陷阱中，一想到他们是真刀真枪地直面一个大妖——还是个不欢迎他们的大妖，此时还能保持双足站立，对他来说就已经算不易了。

可是韩渊却在妖怪巢穴里。

李筠的退堂鼓一下一下地敲着自己的良心，他踟蹰良久，终于还是痛苦地说道："可是我们根本连门都进不去，更不用说面对里面的大小妖物了，我……我是想，四师弟既然昨天晚上就进来了，到现在也没事，那说不定我们也……也不必急这一时片刻，我们……"

站在满是腥气的洞口前，严争鸣其实也在偷偷哆嗦，同时，因为紫鹏真人的不客气，他又暗自火冒三丈，此时正处于一种一边哆嗦一边火冒三丈的境地里，进退都很尴尬。李筠一开口，却当即打破了这个平衡。

严争鸣听了这番推脱责任的谬论，火冒三丈顿时压过了恐惧哆嗦，立刻将方才在紫鹏真人那受的鸟气加持了一番，一股脑地撒在了李筠身上。

"李筠啊李筠，"严争鸣露出他那招牌的讨打笑，"你可真让人看得起。"

眼看两位师兄又要分道扬镳，程潜知道自己得表明态度，他抱着师父给的木牌上前两步，俯身捡起大师兄脱手掉在一边的剑，走到严争鸣身边站定，对李筠道："二师兄，你自己回去找师父吧。"

严争鸣得到了支持，气焰顿时升了两级，他实在太会阴阳怪气地冷笑了，眉梢一吊，眼角一斜，甚至不必哼出声，别人都能隔着三丈远感知到他浓郁的嘲讽气息。

“你还不如一个小孩。”严争鸣对面色惨白的李筠说道，随后他转向程潜，一激动又忘了程潜叫什么，“小……嗯，那个，小铜钱，跟我走。”

这紫鹏真人来来回回就会说一个“滚”字，没准恰恰是色厉内荏，她可能被限制了行动，或是干脆重伤动弹不得——否则那老母鸡完全没必要如临大敌地挡着门不让他们进。

为了不让小地包天变成某个大妖的饺子馅，严争鸣决定闯闯看。

程潜跟上，无奈道：“师兄，我叫程潜，不叫铜钱。”

大师兄哼笑一声，大概表示“铜钱”和“程潜”对他来说没啥区别，他一伸手接过自己的佩剑，微微一抬下巴，对程潜说道：“师父虽然不在，他的引水符在你手里，我就不信我们淹不了这破山门！”

程潜闻言差点摔个狗啃泥——大师兄不是刚才还说这道符咒是引雷的嘛，怎么这会儿又成引水的了？难道本门符咒天赋异禀，金木水火土还能随意变身？

程潜的目光落在了大师兄拿剑的手上，“惊喜”地发现大师兄那只拿剑的手正在不住地哆嗦着，一点也不像他脸上表现得那样有恃无恐。

很好，程潜心里的苦漫上舌尖，寻思道，大师兄都吓糊涂了，还没忘了虚张声势。

两个少年对自己与同伴有几斤几两，全都心知肚明，因此都是逞着假英雄，出着真冷汗。

就在这时，风声再起。只见那石门“嘎吱”一声，缓缓地向里面打开了。

那老母鸡竟然信了大师兄的鬼话！门也给他糊弄开了！

习惯了装模作样的程潜还好，严争鸣却是费了九牛二虎之力，才将得意扬扬地准备翘起来的嘴角压下去，他装作掸尘土的样子，风度翩翩地将手心的冷汗抹到自己身上，眉开眼笑地说道：“多谢前辈。”

李筠不明真相，被师兄与师弟的“无畏”所震慑，眼见他们全都丢下他走进了石门，一时间不知道该怎么办。他害怕极了，却又做不出扭头就跑的事，僵直了片刻，他终于狠狠地咬咬牙，也提步跟了上去。

石门那一边是一个洞府，洞中原来没有什么吃人挖心的黑山老妖婆，只有角落里瘫着的一只巨禽。

绚若金凤的羽毛委顿在地，显得黯然无光，一个女子的影像虚虚实实地悬在那巨禽头顶，那女子声音虽然沙哑，面貌却一点也不老，仅就模样看，她可能还算个妙龄。

紫鹏的目光落在程潜手上的木牌上，问道：“那是何人的符咒，拿来我看。”

严争鸣刚要开口继续扯淡，紫鹏真人便厉声打断了他：“住嘴，小兔崽子，你还真当你耍耍小聪明就骗得过我吗？拿来！”

她话音没落，程潜就觉得一股巨大的吸力兜头而来，他未及反应，已经情不自禁地向着那巨禽迈动了脚步，严争鸣眼疾手快地伸手一拦，程潜的胸口狠狠地撞在了大师兄的胳膊肘上，抱着木牌的手不由自主地松开，白绢落地，木牌被紫鹏真人隔空拽了过去。有道是瘦死的骆驼比马大，严争鸣这才发现，纵然他猜得一点没错，紫鹏真人确实身受重伤，行动受限，但弄死他们仨还是小菜一碟的。

眼见那女人凭空伸出一只手去接木牌，黑暗的洞穴中一道强光突然爆出，三个少年都不由自主地闭了眼，只听一声惊呼，他们再一睁眼，见那块木牌已经稳稳当当地落在了地上。

紫鹏真人仿佛遭受了什么打击，人影更虚弱了，畏惧地往后缩了缩，口中喃喃说道：“不是他……这、这是北、北冥君！”

程潜刚入门，严争鸣不学无术，所以两人面面相觑，谁也不知道这个“北冥君”是何方神圣。

这时，一直缀在后面装聋作哑的李筠开了口。李筠蚊子似的小声说道：“北冥君不是一个人……传说北冥幽深无边，黑暗无穷，因此万魔之宗也常被人比作‘北冥’，久而久之，便唤作了‘北冥君’——紫鹏前辈，这符咒是家师刻的，上面的木头屑还没擦干净呢，并不是什么北冥君。”

程潜悄声问道：“万魔之宗是什么？”

严争鸣一知半解地说道：“魔修里面最厉害的那个……大魔头？”

程潜无论如何也不觉得自家师父能胜任“魔头”这个角色，不过他心下一转念，感觉此事若从一只鸡的角度看……黄鼠狼也许确实并非善类。

就听那紫鹏真人怒道：“放屁！”

下一刻，她转向程潜，空中的女体虚影指着他，不客气地说道：“小子，你过来。”

程潜没来得及发话，严争鸣已经将他拦下了。严争鸣对他摇摇头，自己上前对紫鹏说道：“前辈，我这小师弟刚入门，门规还没背全呢，我怕他贸然冲撞了您老人家，有什么吩咐，您跟我说。”

他光顾着长高，肉跟不上骨头，肩背却还带着少年人特有的单薄，程潜看着他的背影抿抿嘴，第一次觉得大师兄不是一个他想象中的酒囊饭袋。

紫鹏喝道：“我叫的是他！有你什么事？”

严争鸣眉头一皱，程潜忙拉住他：“师兄，没事。”

他顶着冲天的妖气，往前走了几步，只听那紫鹏真人命令道：“你将那符咒捡起来。”

程潜依言弯腰将掉在地上的符咒捡了起来，在触碰到那木牌的一瞬间，他忽然若有所觉，仿佛这木牌里关着一只凶兽，暴戾逼人，几欲嗜人，随后，似乎又被什么安抚，在他手中缓缓地收敛气息，重新安静蛰伏下来，方才大炽的强光也渐渐消散，木牌沉静地待在他手里。

有那么一瞬间，程潜看着对自己颐指气使的大妖，心里的畏惧竟然潮水似的消退，他忽然生出一个念头：什么时候我才能有这种藐视一切的力量？什么时候我才能上天入地、无处不可往，而不必在一个老妖面前战战兢兢呢？

紫鹏盯着那符咒，脸色接连变了几变。片刻后，她的口气微微和缓了些，说道：“你们来找人？也不是不行，这样吧，群妖谷中有一临仙台，上面有禁制，我们妖族不得入内，对人却是无妨的。你们上去将临仙台里的东西取来给我，我就将那误闯进来的小子还给你们。”

对于紫鹏这种八百岁的大妖来说，一只活了十来年的鸟恐怕才刚开始修行，没准还保留着吃虫子的陋习，因此她这番话漏洞百出，明显是将眼前三个少年当成吃虫子的雏鸟糊弄。

可惜没糊弄过去，因为这三位不是鸟，全都一肚子心眼儿，师兄弟三人心有灵犀地想道：“呸，扯淡。”

他们仨通过几轮互相挤眉弄眼，短暂交流了片刻，最后，严争鸣拍了板——无论如何，先骗开进妖谷的门再说。至于回来的时候怎么办，严少爷没想那么多，看那老母鸡的情况，没准过一会她就自己死了呢。

三人立刻离开了紫鹏真人的洞府，严争鸣眼疾手快，临走时还从紫鹏真人的洞府中顺走了一根她掉的毛。出门又是水路，但这回坑很浅，扑腾两下就到了头，爬上岸，就到了他们芳邻居处——群妖谷。

一出水，严争鸣就抬手将湿淋淋的羽毛插在李筠胸口上，说道：“古有狐假虎威，今有王八蛋假老母鸡威，你就带着这个壮胆吧，看你吓得那熊样——赶紧给我想办法找人，我们必须在天黑之前回去！”

李筠闻言心头一紧，立刻小心翼翼地问严争鸣：“大师兄，这妖谷天黑又有什么忌讳吗？”

严争鸣怒气冲冲地说道：“哪那么多忌讳，我要回去洗澡，没看见我的脚都被泥糊上了嘛！”

李筠精通各种旁门左道，在大师兄的高压下，他啃着手指甲思忖片刻，不负众望地想出了一个馊主意。只见他从怀中摸出了一个小瓶子，程潜一看，瓶子眼熟，便脱口道：“这不是那个蛤蟆洗脚水吗？”

李筠双手捧着自己的杰作和破碎的心，幽幽地看了程潜一眼：“师弟，这是金蛤神水。”

三滴金蛤神水将一块小石子点化成了会蹦会跳的癞蛤蟆，不知是大师兄怕这东西，还是纯粹嫌恶心，脸色比佩剑被紫鹏真人崩掉时还难看，用不共戴天的目光望着那只蛤蟆。

程潜大概明白他的两个师兄是如何交恶的了。

李筠冲蛤蟆吩咐道：“找韩渊去。”

蛤蟆闻言“咕呱”一声，纵身一蹦，往一个方向去了。

李筠一边示意他们跟上蛤蟆，一边解释道：“金蛤神水其实是金蛤的尿和五毒水混出来的，只要几滴，就可以将叶子、纸、石头这样的小东西变成蛤蟆。前几天小师弟抱着一只树叶变的蛤蟆玩了很久，衣服和身上沾了同源的味道，它应该找得着。”

严争鸣闻听此言，差点崩溃：“什么意思？他是从好几天以前就没换过衣服，还是从好几天以前就没洗过澡？韩渊他还是人吗？”

连程潜听了金蛤神水的配方，脸色也有点发青：“二师兄，你不用解释那么细。”

蛤蟆尿的作用有限，那小蛤蟆只蹦跶了两三丈远，就吹灯拔蜡了，原地变回了石头，李筠只好重新滴了几滴，叹道：“这个毕竟只是玩的，不是符咒，只能坚持一会，我也就剩下这一瓶了，恐怕在找到小师弟前还得省着用。”

蛤蟆以蹦一蹦、歇三歇的速度，带着师兄弟三人在越发茂密的树林中穿行，不知走了多远，突然，原本健康茁壮的蛤蟆四肢抽搐，躺倒在地，四脚朝天露出了一副死相。严争鸣见状，从地上捡了一根三尺多长的树杈，一面抬起袖子捂住鼻子，一面用树杈远远地戳了戳地上的癞蛤蟆，惊奇地问道：“它终于因为自己的身世而羞愤致死了吗？”

话音未落，死蛤蟆便一脸惊惧地变成了原来的石头，无论李筠怎样往它身上滴“神水”，它都不肯活过来了。

李筠抓耳挠腮地说道："这……"

严争鸣却忽然神色一变："嘘！"

他蓦地站起来，将木棍丢在地上，拔出腰间佩剑，指向了身侧密林。密林中传来了不祥的窸窣声，随即，只听一声怒吼，一只巨大的人首兽身的熊出现在三人面前。那畜生足有两人多高，头大如斗，张嘴一吐便是一口铁齿钢牙，从中流过的腥风几里以外都闻得到，一冒出头来，就挥手一熊掌，掀飞了一棵大树。

严争鸣猛地一推李筠："发什么呆，还不快跑！"

李筠四肢冰冷，动弹不得，程潜怀中的木牌却在这一瞬间灼热了起来，这时，三个人同时听见了一个男人的声音。

那人冷静地吩咐道："别动。"

严争鸣猛地一回身："什么人？"

那人再次开口道："别怕，都到这边来。"

这一回，三个人都听清了声音从哪来，目光同时落在了程潜手里的木牌上。李筠瞪大了眼睛："还、还有会说话的符咒？"

那符咒好像被他逗笑了，放柔了声音，好整以暇地说道："不过是小妖两三只而已，伤不到你们，没事的。"

可他这话还没说完，大狗熊精已经要向他们奔将过来了，这所谓"小妖"过处简直是地动山摇，难怪李筠那只物似主人形的怂蛤蟆要装死！三个两条腿的少年万万跑不过这大畜生，此时想逃也来不及了。而屋漏偏逢连夜雨，又一声凄厉的咆哮在不远处响起。下一刻，那大狗熊的腰腹被一条颜色鲜艳的蛇尾卷起，小山一样的身躯骤然被抛上了天，而后又重重砸下，在地上砸了好大一个深坑，周围的古树花草全都遭了殃，一个个东倒西歪，乌烟瘴气。

连大师兄都无暇顾及他那沾上泥土的白衣了。

这是小妖两三只？

不管会说话的符咒有多么难得一见，在场的三个少年都觉得他是站着说话不腰疼。

敢情木牌不会死！

接着，蛇妖的全貌露了出来，他的上半张脸类人，长着一双竖瞳，下半张脸却布满鳞片，吐着蛇信，行动间刮来一阵比方才更为剧烈的腥风，盘绕在乌烟瘴气的林间，身形几乎快成了一道残影，程潜只听得见鳞片摩擦地面时让人牙酸的声音，完全看不到蛇头所在。接着，蛇妖偏头一口咬住了大熊的脖子，带着热气的血喷出了三尺来高，成了一道血喷泉。

大熊精那已经有了八分人样的脸上带着极度的惊惧，片刻后轰然倒地，巨硕的身体拼命地在地上滚动抽搐，抵死挣扎，蛇则狠狠地裹挟着大熊的身体，跟着它在地上滚来滚去。

在难以形容的惨叫与挣扎中，大熊死了。

程潜正好对上了那双发灰的、涣散的瞳孔，整个胸口好像都被冰块塞满了。

大蛇松开熊的尸体，一缩身体，后撤几步，程潜以为它要确定猎物是不是已经死了，就见大蛇骤然以快得让人看不见的速度将头埋进狗熊精的身体，头部仿佛化为利刃，将那尸体的小腹部从后到前捅了个对穿，而后含着一颗带血的妖丹破熊腹而出，立起上身足有一丈半高。

李筠当场吐了，简直不敢相信自己竟然跟这些东西当了一年多的邻居，还几次三番地想趁初一、十五过来一探究竟。严争鸣感觉胸口的血全都拼命地往四肢涌去，这让他有那么一会几乎感觉不到自己的腿在何处，如果不是有佩剑撑在地上，恐怕此时此刻，他已经坐在地上了。

程潜面对着满地血污，心跳得厉害，他一双眼睛死死地盯着熊尸与大嚼的蛇怪，心里再次升起了某种难以言喻的感受。

若是道法无边，他也能这样……生杀予夺么？

不等他细想，大蛇就摇头摆尾地向着三人所在之处游了过来。

长尾不知是有意还是无意地卷过古树，所经之地，合抱的树干七扭八歪地倒成了一片，在这小小的树林中，它将尾巴扭得所向披靡。

严争鸣一只手捏着程潜的肩，另一只手拿剑，胳膊上还得揽着一个基本扶不起来的李筠,心力交瘁地想道:这他娘的怎么办?

他双腿尚且发软，头脑已经先一步冷静了下来，眼下逃是没什么希望的，生死之间，严争鸣一想起他们也会被这畜生一口一口撕开血肉、淋上哈喇子，就觉得一阵天昏地暗。这恶心无比的臆想让他在天昏地暗中发了狠，将生死也置之度外，他那拿剑的手竟奇迹般地不哆嗦了。严争鸣咬咬牙，打定主意，无论如何，他也要和这条大长虫斗一斗，至少剜掉它两块鳞，真的斗不过，就自行了断，绝不能在闭眼前遭受这股腥臭的荼毒。

那些他多年未能融会贯通的剑招全都在他胸口翻涌，危急中似乎以某种不可思议的形式贯穿在了一起，以至于在他眼里，那蛇爬动的速度都慢了不少。严争鸣的手腕稳如泰山般地转动了一下，对准了大蛇的眼睛，他知道自己第一剑绝不能失手。

大蛇妖越来越近，严争鸣一瞬间停止了呼吸——

然后蛇与他们擦肩而过了。

摆动的蛇尾只差不到一掌的距离，就扫到了程潜的脚腕，而那畜生却仿佛没有看见他们似的，在可怕的窸窣声中，径直朝着另一个方向去了。三个人保持着原来的姿势一动都没动，良久，不知谁的心跳声打破了沉寂，跳出了劫后余生般的杂乱无章。

严争鸣从方才那种心无旁骛似的状态里回过神来，这才缓缓垂下佩剑，一时间感觉四肢重逾千斤，险些支撑不住自己的重量，他的后背已经被冷汗浸透了，冰凉的汗珠顺着脊梁骨一路滑到了腰间。

而在这样的冷汗中，严争鸣盯着自己手中的佩剑，发现他一时间竟然顿悟般的若有所得。

这番事故如果让木椿真人知道了，一定会扼腕于自己多年来没能因材施教，倘若在严少爷练习符咒的时候，给他在桌子角上放一只满头疮的癞蛤蟆，走一次神舔一次手，那严少爷的修为估计早就一日千里了。

木牌又开了口，态度是十分得轻松自在：“我说过了，有我在，你们不用怕这样的小妖。”

程潜一瞬间觉得此人的声音有点耳熟，疑惑地看了一眼手中的木牌，但一时没想起来在什么地方听过。随后，他将木牌塞进了没回过神来的大师兄手里，拎着他那把没什么用的木剑来到了熊尸面前。

严争鸣方才那身冷汗还没被风吹干，又被程潜吓出了新的一身，他眼见那胆大包天的小崽子居然手脚并用地爬到了熊尸身上，忙压着嗓子对程潜吼道："你干什么，快滚下来！"

程潜头也不回地冲他摆摆手，卓有成效地摸到了他的目标——熊尸的腰上挂着一把没来得及拔出来的"剑"，是一颗不知什么野兽的利齿打磨成的，那颗利齿足有两尺多长，底部有一个孔洞，便于手拿，顶端尖锐如利器，不知道是不是有毒，还闪着幽幽的光。

小个子程潜捧着利齿，像是捧了个庞然大物，森冷的幽光映得他一脸肃然，那利齿中间还不祥地沾了它前任主人的血肉。严争鸣与李筠目瞪口呆地看着程潜面不改色地将其据为己有，并喜新厌旧地顺手将木剑丢下了。

程潜纵身从尸体上跳了下来，将那利齿双手拿住，试着挥舞了一下，感觉这东西又长又沉，不大趁手，他百无禁忌地往前一捅，只听"噗"一声，利齿毫无凝滞地戳进了皮糙肉厚的熊尸胸口，切瓜砍菜一般流畅自如。

他这才基本满意，认为这玩意虽然笨重得很，但是胜在锋利。

李筠喃喃说道："三师弟是……是个什么品种？"

严争鸣干笑了一声，不知道该作何回答。

尽管方才对他们视而不见的大蛇已经证明了那木牌确实有些作用，但程潜还是不愿意将他们几个人的安危完全寄托在那东西上。只有亲自将利器握在手里，他才有了一点真正的安全感。

两只大妖一死一离开，附近暂时没有了危险，李筠再在那块没出息的石头上滴“神水”时，指路蛤蟆自然也就活蹦乱跳地“苏醒”了过来，继续天真快乐地领着他们往前蹦跶。一路上，严争鸣几次三番地想和木牌说几句话，可那木牌仿佛突然哑巴了，不肯再回应他任何的疑问。

直到蛤蟆将三人领到了一个小山坡上。

从山顶往下，只看了一眼，那蛤蟆便愣住了，而后它当机立断，故技重施地翻倒在地，装起死来。

李筠不明所以地追了上来，跟着往下扫了一眼。这一眼不要紧，他立刻本能地扭头就跑，一头撞在跟着他的程潜身上，险些连累得程潜一起滚下小山去。

程潜的后腰被山石撞得生疼，大尖牙也险些脱手而出，被李筠撞得头晕眼花，终于忍不住逞了口舌之利，一边压下痛呼，一边说道：“二师兄，你就是要随你的宝贝蛤蟆一同去了，也别拉上我啊！”

李筠双手攥住程潜的衣领，嘴唇哆嗦得说不出话来，程潜这才察觉出不对，抬头看着严争鸣同样僵硬的背影，疑惑道：“怎么了？”

严争鸣就站在石蛤蟆“殉职”之处，一时间觉得天地都颠倒了过来——那山坡下浅浅的谷地中，有成千上万的大妖厮杀正酣，飞禽走兽，人首畜身，血流得看不见地面的颜色，肉块翻飞如屠宰场，相比之下，方才那大熊精与长蛇精……真的就是小妖两三只。

这时，那哑巴了半晌的木牌开口说道：“别看了，这要是真的，响动和血腥气早就传到山那头了，还用得着你们爬这么高才察觉到吗？”

他一出声便如当头棒喝，三个吓傻了的小崽子立刻回过神来，再一看，那谷中情景果然是有一些虚影。李筠自欺欺人地松了口气，近乎急切地问道：“前辈，这是假的吗？”

木牌笑道：“这山谷叫镜照谷，映照的是别处风光，自然是真的，不过不在此处而已。”

这人言语中有种见惯了流血与厮杀的满不在乎，三个少年听了，互相打了一圈眼色，全都没吱声，那木牌却仿佛无知无觉，兀自说道：“你们穿过这山谷，过了前面那座山，就能见到临仙台了，镜照谷中所示情境就在临仙台附近，你们几个将我送到那里，自行去找你们的小师弟就是了。”

严争鸣干巴巴地说道：“躲都来不及，还要找过去？前辈，我们是来找那个小地包天的，不是结伴自尽的——你到底是个什么东西？”

木牌上应声升起一层白烟，白烟散去，他们长脖小脑袋的师父形象便跃然眼前，好像木椿真人亲临一样。谁知见了那熟悉的老黄鼠狼，严争鸣非但没什么好脸色，反而直接将手中木牌扔在了地上，提剑指着它，道：“你敢冒充我师父！”

“师父”被他这样不客气地呵斥，竟也没有生气，反而弯起眼睛笑了起来，随后从善如流地摇身一变，变成了一团模糊不清的黑影，像一朵细高顶伞的蘑菇。

“那就不变你师父了，不过我可是你师父亲手刻下的，”“蘑菇”和和气气地说道，“小争鸣，你信不过我，难不成还信不过你师父吗？”

严争鸣面露迟疑，“蘑菇”便再接再厉道：“再说，小筠的指路蛤蟆不是将你们领到这了吗，那说明小渊也在前面，反正也顺路，对不对？”

严争鸣低头看了看蛤蟆殉职前所指的方向，思忖了片刻，都走到这里了，再打退堂鼓就太可笑了，万一韩渊那丑八怪就在前面呢？出于对木椿真人的绝对信任，严争鸣很快把手中的剑和心中的疑惑一同放了下来，俯身捡起木牌，不耐烦地说道："那你来带路。"

木牌一路将他们引下了镜照谷，三人心里明知道周遭尽是海市蜃楼，可从逼真的群妖爪牙下穿过仍是一种难以言喻的折磨，这段穿过山谷的路显得格外漫长，经此一役，程潜感觉以后什么"夜幕荒村""剜心老鬼"之类的厉鬼传说，恐怕再也撼动不了他分毫了。

程潜忍不住问道："他们这到底是怎么回事？"

木牌不慌不忙地解释道："天妖将要降世，夺了妖王之力，妖修们可不讲'天地君亲师'那一套，妖王一虚弱，群妖必然趁机叛乱夺位。"

程潜听了，心想：岂有此理。

随即，他又想起了言语粗鲁的紫鹏真人，林中一声不吭便杀熊夺妖丹的大蛇妖，感觉妖修不愧是一群畜生，真是全无章法道理，这样看来，似乎没事造个反也情有可原了。

严争鸣问道："既然妖修们一直都有这个风俗，那你去临仙台做什么呢？看热闹吗？"

这一回，木牌中的"蘑菇"正色起来，沉声道："天妖降生时见血光已是不祥，若再放任它们相互争斗，恐怕那天妖生出来就会是个残忍好杀之辈，将来会成扶摇山一劫，我须得趁此劫未生时前往制止。”

严争鸣听得云里雾里，便问：“什么意思？”

木牌不回答，十分简单粗暴地岔开了话题，说道：“前面那桥下有动静，我觉得你们找的人应该就在那。”

镜照谷深处有一洼地，里面满是淤泥，以前可能是条河，后来河道干了，一座刻着兽头的桥还是保存了下来。桥下有桥墩和几个桥洞，程潜一眼就看见桥洞附近有几个獐头鼠目的小妖，个个生着尖嘴，两腮胡须，细长的尾巴还吊在身后没收起来——不用问也看得出来，这是一帮小耗子精。

只见一只耗子精正探头探脑地望风，其他几只耗子正在桥洞中忙得热火朝天，而被它们围在中间的，正是他们那坨韩渊师弟！

韩渊俨然已经成了只泥猴，正在拼命挣扎，两只大耗子精按着他，还有一只耗子掬着一双短爪，正拿着一捧一捧的淤泥往他身上抹，旁边的大火堆已经架了起来——这分明是要将韩渊烧成一只“叫花人”。天理循环，报应果真不爽，那小叫花子残害良家肉鸡性命无数，终于自己也要归于一捧烧熟的泥土了。

不过这一次，木牌没有特意隐藏师兄弟三人的身形，不远处的韩渊与大耗子精们一同看见了他们。

韩渊简直快要喜极而泣，嘶声嚎叫道："救命啊，师兄——救命——放开我，你们这群大耗子！我告诉你们，我师兄会喷云吐雾、隔山打牛、天打雷劈……一下把你们劈成一盘外焦里嫩的死耗子！"

传说中会天打雷劈的师兄弟三人俱是无言以对。

严争鸣看着韩渊身上那层足有一寸厚的淤泥，露出了一个后槽牙疼的表情："我看还是让它们将此人烤了吧。"

他话音未落，望风的耗子已经率先扑了上来。见识了熊蛇大战，见识了千妖哗变，这不过一人高、形容猥琐的大耗子再难激起几个人的畏惧之心，严争鸣将木牌往李筠怀里一塞，提剑便迎了上去。

耗子精伸爪挠来，严争鸣横剑一挡，耗子的指甲正磕上了佩剑一边的大宝石，宝石纹丝不动，耗子精的指甲劈了！

就听劈了指甲的耗子精惨叫一声，愤然张开尖嘴咬向严争鸣的佩剑，严争鸣手肘一拧撞上了它的鼻子，撞得耗子精闷哼一声，扑向一边，倒在了早已经等在那里的程潜脚下。程潜现在只有一招"起手式"算是熟练，因此原本就预备好了姿势，眼睛眨也不眨地盯着战局，那大耗子被严争鸣一肘子撞得七荤八素，满眼星光地跌倒在他手中的利齿之下，角度寸得简直是送到了他的利齿之下。

程潜本能地双手抓住利齿，将准备好的起手式送了出去——把此鼠中豪杰超度到了西天。

程潜没想到自己一击得手，尚在愣神，另外三只耗子见此事不能善了，已经一同扔下韩渊，兵分三路地向他们冲过来。

打算与这些抢晚膳的人决一死战。

第五章

灭劫伊始

三只耗子不约而同地避开了满身血肉的程潜，两只奔着严争鸣而去，另一只冲到了李筠面前。李筠仿佛只是个过路的，情急之下，他浑身上下搜罗了一番，发现自己这一整天都在心烦意乱，此时居然是手无寸铁。

无奈之下，李筠一把将别在领口的羽毛扯了下来，姹紫嫣红地与那耗子精对峙。

紫鹏真人作为妖中大能，连掉的毛都不同凡响，耗子见了明显瑟缩了一下，瞪着一双精光四射的小眼睛，前前后后地围着李筠打转，狡猾地估量着他到底是虚张声势，还是真不好惹。李筠被它转得心惊胆战，腿肚子不幸抽起筋来，却也知道自己不能露出怯意，只好生生地忍着，忍出了一脸憋尿一样的色厉内荏。

好在，程潜很快就携着尖牙过来帮他了。

程潜没花什么工夫就从杀生中回过神来，他以为自己理所当然应该震惊不适，却发现其实并没有。当他双手举着那沾满了血的大尖牙时，心里平静得好像只是切了一棵白菜，而这样的平静挂在脸上，弄得他几乎像个索命的小鬼。

他头顶三魂七魄，必有一系主了杀伐，悬在清秀稚拙的孩童身上，初见了铁血凉薄的端倪。

程潜很快发现，不是他怕耗子精，而是耗子精怕他，他往前走一步，那大耗子就往后退一步，同时龇牙咧嘴地对他做出恐吓。敌人一弱，他心里就更有底气，不退反进，倒是那耗子，一发觉恐吓无效，立刻判断对方是个硬茬，居然屁滚尿流地逃走了。

万物有灵，修行不易，好不容易成了精，谁不惜命？

见一只跑了，另外两只虽然没弄清怎么回事，也谨慎起见地跟着跑了。

这一小撮耗子精抱头鼠窜，兵败如山倒。

李筠一屁股坐在了地上，终于得以闲暇，专心致志地抽起筋来。

然而就在他们击败第一拨敌人，还没来得及松口气时，严争鸣忽然听见身后传来了奇怪的响动，程潜大叫道：“小心！”

严争鸣本能地往前一扑，利索地使了第二式里的一招“周而复始”。佩剑狠狠地撞在了硬物上，严争鸣手腕一麻，听见了一声嘶哑的咆哮。他狼狈地捏住剑柄后退，转身定睛一看，只见一只巨大的猞猁轻巧地落在距他几步远的地方，原地化成了半人形——那妖怪身材高大，除了尖爪外，几乎都变成了人形，甚至阴森森地开口笑了笑，猩红的舌头舔着嘴唇。

怪不得方才那几个耗子精跑得快，他们被“螳螂捕蝉黄雀在后”了！

严少爷细皮嫩肉，一看就很好吃，猞猁精兴奋地用脚尖蹭了蹭地面，下一刻，它闪电般地向他扑了过来，有力的前爪近乎刀枪不入，利爪一按，便用蛮力按下了严争鸣的剑。严争鸣脚下被什么东西绊了一下，踉跄着往后跌去，猞猁精见状大喜，当空化作原形，爪子按在他身上，张开了血盆大口。

李筠和程潜本来就离得远，这边匆匆交手又是兔起鹘落一般，哪里来得及救援？情急之下，李筠伸手往怀里一探，也没看清自己摸出了什么，胡乱向那猞猁精扔了过去。

程潜余光扫见：“二师兄你……”

小瓷瓶精准地砸到猞猁头上，里面剩的大半瓶“金蛤神水”劈头盖脸地洒了猞猁一身，皮毛光亮的猞猁就这样被原地点化成了一只庞大的癞蛤蟆。

一时间，连猞猁自己都呆住了。

它惊怒交加，似乎想开口咆哮，结果只发出了一声拖泥带水的“呱”，它甚至不由自主地吐出了舌头，被那细长的舌头吓坏了，居然忘了怎么收回去。舌头垂在“猞猁蛤蟆”胸前，堪堪挨到了严少爷细皮嫩肉的脖子，死里逃生的严少爷当场就疯了，发出了一声不似人声的怒吼：“李筠，我要宰了你！”

他仿佛自洁癖中生出了无穷的力量，一脚将自己身上那巨大的蛤蟆给踹翻了，把什么“木剑法”“铁剑法”全撇在了一边，毫无章法得像个准备薅人头发的泼妇，不分青红皂白地向那猞猁精一通乱砍。

变成了蛤蟆的猞猁显然没有了钢铁般的利爪，也还没来得及学会怎么用蛤蟆的四条腿腾跳转挪，躲闪不及，竟被严争鸣一剑捅了个对穿，一阵挣动后，猞猁终于恢复了本来面貌，死不瞑目地不动了。

行凶者严少爷本人看起来却比死猞猁还凄惨几分，他拿着佩剑，简直不想活了！

程潜和李筠动手扶起了“叫花韩渊”，七手八脚地将他身上已经干了的泥块敲下来，露出里面泥土斑驳的赤身裸体。韩渊看见他们，当下喜极而泣，哭哭啼啼地说道：“师兄……小潜……”

他一边哭，一边企图冲上来给谁一个久别重逢的拥抱，可惜他的三位师兄没有一个人想与他同乐，全都作了鸟兽散。

严争鸣死命擦着他惨遭玷污的脖子，气急败坏地指着这一切的始作俑者——韩渊，说："我回去非得把你清理门户不可！"

韩渊眼珠叽里咕噜乱转，企图寻找一个盟友，将求救的目光落在了程潜身上。程潜木然地用仅剩的一条袖子擦去一脸血，又渴又饿，实在没有了装模作样的力气，因此本性流露地挖苦道："师弟，修行之前，你确实应该先治治脑子。"

韩渊震惊地看着这"温良恭俭让"的小师兄，一天之内，身体和精神同时遭到了重大的伤害，最后还是李筠出头给他解了围，李筠微微抬了抬手里的木牌，提醒道："师兄，我看我们还是先去临仙台吧。"

严争鸣冷哼一声，率先抬腿走了，李筠想了想，将自己的外袍脱下来分给了韩渊，省得扶摇派弟子在妖谷落下一个不喜欢穿衣服的名声。

镜照谷和临仙台相距不远，很快，浓重的血腥气就顺着风传来了，李筠手中的木牌上又冒出一团一人多高的黑雾，翻滚的黑雾勾勒出了一个不怎么鲜明的人形，一瞬间唤起了程潜忘却的记忆。

这个人他梦见过!

韩渊不知道木牌的玄机,吓了一跳:“哎哟娘啊,这是什么?”

黑影没吭声,端正地悬在半空,站成了一个肃穆的影子,虽然看不见他的脸,可程潜就是觉得,这人身上仿佛有种准备献祭似的平静与凛然。他想起紫鹏真人的话,实在忍不住好奇,问道:“前辈,紫鹏真人说你是北冥君,你是不是?”

“北冥?”黑影轻轻地笑了一声,几不可闻道,“何人配冠北冥之名?那都是鼠目寸光的凡人们妄自尊大罢了。”

程潜忍不住将他这句话在心里转了几圈,分析出了对方的言外之意——这是承认了。

可是“北冥君”不是传说中最大的魔头吗?怎么会附在一块木牌上呢?

而他又究竟是附在了那块平安无事牌上,还是附在了师父的符咒中呢?

难道师父刻的符咒既不是引水的,也不是引雷的,引的是大魔头?世界上还有这样的符咒吗?

这些事程潜都是两眼一抹黑,他这才发现,自己对修真的事知之甚少,什么都不明白,对眼前的一切不可思议,也都无从猜测。

一路有这黑乎乎的北冥君保驾护航,大小妖物们不是根本看不见他们，就是望风而逃——想来方才他们几个大战耗子精和猞猁精的“惊险”情景，大概被这位大能视为了“小孩跟小猫小耗子打架”，根本没打算出手管。

临仙台是一个人造的祭台，不知谁建的，位于妖谷谷底最深处，突兀地凸了出来。

临仙台上空荡荡的，群妖不能近，围着它的一圈谷地眼下却已经成了个修罗场。

严争鸣他们已经在镜照谷里看见过了这般情景，多少有了些心理准备，韩渊却惊呆了。直到此时，韩渊才意识到自己闯了个什么地方，师兄们又是为了他进了一个多么危险的境地。他能活到现在，完全就是因为群妖谷中大妖们都在忙着自相残杀，没工夫管他！

这时，李筠手中的木牌蓦地裂开，符咒上流过一层浅淡的光辉后，归于了死寂，一身黑雾的北冥君蓦地脱离了木牌的束缚，整个人影也清晰了起来，他是个身着乌黑长袍的瘦高男子，袍袖在风中猎猎如鸦羽，一双惨白修长的手露在外面，手指上戴着一枚样式古朴的戒指。唯有脸看不清，他的脸藏在黑雾中，只露出了一个下巴，那是同手如出一辙的苍白。

还不等众人看分明，那男人身上突然有灼眼的金光划过，下一刻，他化成了一团黑雾，头也不回地冲向了山谷，只留下了一句轻轻的“尽快回去”，便再不见了踪影。

程潜心里一动，一个念头无端冒出来：他不会再回来了。

“我知道了！”这时，精通各种旁门左道的李筠突然开口道，“我知道了！他身上的金光就是暗符！”

连严争鸣都有些出神：“流水烟云皆能为暗符，但是……也可以刻在人身上吗？”

“那肯定不是人，”李筠斩钉截铁地说道，“是魂魄，我曾见一本奇闻异志上记载过，以前有一个魔修大能是符咒高手，能在人的三魂七魄上刻录看不见的暗符，他在很多人的魂魄上落下了暗符，让这些人生生世世都无法摆脱他的驱使，北冥君肯定也有这样的手段……”

“李筠，”严争鸣终于回过神来，眼角瞥见韩渊和程潜正屏息凝神地听魔修的事，立刻呵止住他，“闭嘴——我们走。”

整个临仙台及谷地全都被黑雾笼罩，黑雾将这杀戮丛地与周遭隔离了，他们几个站在一侧的山顶，发现方才的喊杀声与血腥味居然一点也感觉不到了。

突然，一簇火光缓缓将黑雾弥漫的临仙台照亮了一角，随后以不可思议的速度向一边蔓延。

严争鸣心中一凛，呵道：“闭眼！”

几个人在这一刻下意识地遵从了他的指挥，可那强光仿佛隔着眼皮都能烤得人眼球通红，整个妖谷都被拖进了一片火海。强光与烈火不知过了多久才平息下来，唯有临仙台上盘踞的黑色浓雾仿佛亘古无边，纹丝不动。

程潜最早试探着睁开眼睛，他眼前还有点发花，用力眨了几下才勉强能看见东西。

他看见几个人面前有一颗蛋，正款款地向他们……滚来。

韩渊已经一天一宿水米未进了，腹中空空可想而知，一见这近两尺来高的蛋，顿时本能地咽了口唾沫：“这……这是什么？”

“不知道，”严争鸣后退半步，警告地瞥了韩渊一眼，“别动！群妖谷里的东西不能乱碰，把你的哈喇子擦干净，我们快回去，师父要等急了。”

天确实是要黑了，妖谷中危机四伏，几个人都没敢耽搁，顺着来路往回走去，连最聒噪的韩渊都没吭声。

混江湖的最讲义气，师兄们这份人情，他心里记着。

那蛋见他们要走，仍然不肯放弃，努力地避开地上一干石子硬物，克服重重困境，将自己翻滚成了一缕蛋旋风，不依不饶地追了上来。

李筠回头看了一眼，惊疑不定地说道：“这是什么妖怪的蛋，跟着我们想干什么？”

程潜拎着狗熊精的大尖牙，冷冷地说道：“可能是想变成煮蛋。”

蛋旋风不知是听得懂人话，还是感觉到了他言语里的恶意，当场打了个哆嗦，原地逡巡片刻，最后磨磨蹭蹭地转了一圈，小心翼翼地避开程潜等人，滚到了严争鸣脚下，可怜巴巴地不动了。

严争鸣脚步一顿，先是铁石心肠地绕路前行，可是他走了几步，又忍不住回头看了一眼，不知怎么的，他从那颗蛋光溜溜的蛋壳上看出了浓浓的失望，可怜巴巴的。于是严少爷鬼使神差地停住了脚步，犹豫了片刻，他指着韩渊道：“你去……嗯，把它捡回来吧。”

韩渊直眉睖眼地反问道：“啊？你刚才不是还说让我别碰吗？”

李筠也奇怪地问：“大师兄，为什么？”

这问题怎么回答呢？严争鸣一皱眉，总不能说是他看那颗蛋挺可怜吧？

他灵机一动，搪塞了一个煞有介事的借口，道：“那个紫鹏真人不是让我们将临仙台上的东西拿去给她吗？据说妖修都上不了临仙台，我估计她其实也不知道那台上有什么，就拿这个去糊弄她一下。”

几个人一路走过来都已经心力交瘁，早把糊弄紫鹏真人的那茬子给忘了，被他一提方才想起来，纷纷认同了这个说法——只是他们都觉得，不着四六的大师兄这次缜密得有点不同寻常。

说来也怪，回程虽然没有北冥君保驾护航，反而比来路还要消停，几个人紧张了半晌，一路只遇了几个没成型的小妖，匆匆来去，都是虚惊一场，很快就顺利地回到了紫鹏真人的洞府。

那巨禽依然俯卧在洞府原处，头顶上漂浮的女人却不见了踪影，一时间拿不准她到底是睡着了还是死了。严争鸣先是回头冲师弟们比画了一个安静的手势，谨慎地上前探查——私心上，他希望紫鹏真人能自觉去死一死，少找他们麻烦，但他也知道，这种侥幸成真的可能性不大。

就在这时，他听见身后传来了“咔嚓”几声，几个少年风声鹤唳，紧张地四下寻找后，目光落在了韩渊……怀里那颗百折不挠的蛋身上，只见蛋壳上多出了一道一道的裂纹，正从顶端往四下扩散。

突然，一块蛋壳落了下来，韩渊瞪大了眼睛，他看见蛋里伸出的竟不是一只鸟喙，而是一只手。

一只婴儿的小手。

韩渊慌忙将蛋放在了地上，几个人就这样在紫鹏真人的洞府中，挨着那不知是死是活的大妖，目瞪口呆地围观着蛋里爬出了一个婴儿！

那东西是肉乎乎一团，乍看和普通的凡人婴儿似乎没什么不同，只是才刚出生，就似乎有凡人周岁的样子了，能爬会动，后背还有两团深色的对称胎记，像一对翅膀。韩渊伸出自己沾满了泥的爪子，在那蛋生的婴儿身上戳了两下，往不该看的地方看了一眼，不合时宜地鉴定道：“好，好像是个女的。”

女婴被他一根手指戳了个大马趴，她四肢滑动，发现自己竟还不如在蛋里的时候行动自如，悲恨相续，于是“嗷”一嗓子嚎了出来。

这一嚎不要紧，紫鹏真人的整个洞府都跟着震颤起来。离她最近的韩渊一屁股坐在了地上，大惊道：“这到底是什么东西？”

一个虚弱的声音回答了他：“那就是天妖。”

严争鸣猝然拔剑回头，那紫鹏真人不知什么时候露出了人面，浮在巨禽头顶，像团雾一样模糊不清，整个人透着一股半死不活的颓丧。她仿佛已经没有多余的力气理会其他人，百感交集地看着地上的小女婴，叹了口气，轻声说道：“此乃妖后与凡人之子，出生时就该被处死，妖后身披人血，顶着千刀万剐之痛、雷鸣加身之苦，硬闯临仙台，将它安放其中，自己也死在了台上。这孽障生来是半人半妖，临仙台不认得她，临仙台上的斩妖雷劫连妖王也不得近身，反而庇护了她。这蛋百年间毫无动静，大家都以为她是个死胎，谁也没想到，最后妖族的大天劫会降在她身上……”

韩渊听得头昏脑涨，却准确地抓住了重点，惊奇道：“什么？妖王头上被人戴了绿？”

严争鸣有气无力地说道：“你快闭嘴吧！”

程潜却已经反应过来——原来他们这番误打误撞，居然真的将所谓临仙台上的“东西”带出来了，就是这颗蛋！

怪不得，妖王事先知道自己会被“天妖降世”夺走妖力，却连提前下手除掉她都做不到，因为妖修上不了临仙台。

但是……是谁将她从临仙台上取下来的？

那个北冥君吗？

紫鹏说道：“把她抱过来，我看看。”

严争鸣立刻警觉：“你想干什么？”

这话说完，他似乎又察觉到自己的语气太生硬，连忙更加生硬地补救了一下："前辈，这小母鸡才刚出生。"

这不知是什么品种的杂毛小妖一亮嗓子嚎，严争鸣就忙不迭地躲开了三丈远，嫌得不行，可嫌归嫌，他不能把她交给紫鹏——按照紫鹏真人的说法，这小杂毛乃是妖王陛下头上一顶活生生的绿帽子，而紫鹏真人是妖王麾下一员大将，谁知道她打算对这小杂毛干点什么？无论这小杂毛是个什么出身，她破壳而出也不过就是这么一时片刻的光景，既没有做过好事，也没有做过坏事。

既然无可评判，别人怎么能随意决定她的生死呢？

紫鹏真人没料到自己竟遭反抗，病病歪歪的影子清晰了些，怒而转向严争鸣："你敢——"

"敢"字话音没落，声色俱厉的紫鹏真人已经吓坏了地上的小女婴，她声音哽了一下，随即哭丧着皱巴巴的脸，似乎是抽搐着深吸了一口气，放开嗓门："哇——"

这一嗓子非同小可，比方才还要剧烈的震动再次袭来，大小石块纷纷从头顶落下，紫鹏真人的洞府眼看就要给她哭塌了！

严争鸣叫道："快走！"

韩渊手足无措地望着眼前号哭不止的小女婴："那这个怎么办？"

李筠一蹦三尺高地躲开了一块落下来的石头，手舞足蹈地指挥道：“拎着，拎走！放心，她连牙都没长，肯定不咬你！”

韩渊壮着胆子，以一种奇异的姿势双手捧起了小女婴，想必是在他手里还不如趴在地上舒服，小女婴的鬼哭狼嚎简直是变本加厉，更上一层楼。飞沙走石中一片混乱，韩渊被自己身上的外袍边角绊了个狗啃泥——外袍是李筠的，李筠比他年纪大，身量自然要高出不少，衣角一直拖在地上。

好在一边的程潜还算眼疾手快，在扑地的韩渊将那女婴压死之前，一把拽住了女婴的一条腿，像拔萝卜一样，将她倒着提了起来。

小天妖果然是天生不祥，这倒霉孩子才一出生，已经快被这几位给折腾死了。

紫鹏真人愤怒的声音夹在其中：“哪里走！”

说话间，那原本瘫倒在地，仿佛奄奄一息的巨禽如同回光返照，它头上女人的虚影蓦地散了，巨禽站了起来，抬起一只巨大的爪子，当空扣了下来。

程潜本能地想用手中尖牙去扛，可尖牙实在太大太沉，他一只手勉强拎着个小女孩，另一只手就挥不动这不趁手的兵器了，那巨禽的爪子对他来说简直是遮天蔽日、避无可避，就连李筠也再拿不出半瓶金蛤神水了。

程潜甚至觉得那尖锐的爪子已经落到了自己的头顶，他头皮一紧，感觉吾命休矣。

然而预想中的剧痛并没有到来，程潜猛地抬头，发现紫鹏真人的巨爪竟被一把木剑架住了。那木剑宽不过两寸，正是他们平时练习用的，握剑的手更是瘦骨嶙峋，手腕间布满了突兀的筋骨。

程潜睁大了眼睛：“师父！”

他从未觉得木椿真人飘飘悠悠的身形如此伟岸过。木椿真人看了他一眼，似乎是笑了，目光扫过他一众虽然狼狈但依然活蹦乱跳的徒弟，他用惯常的声音哼唧着开了腔：“你们啊……唉，先走吧，回去等为师。”

说完，木椿真人手腕一转，轻巧地将紫鹏真人凌空拍下的一记巨掌卸力到一边，“轰隆”一声，本就风雨飘摇的洞府又摇了三摇。程潜迟疑了一下，不愿意丢下师父，李筠却推了他一把，飞快地说道：“师父身为黄鼠狼，难道会斗不过那老母鸡吗？快走，别在这里碍事。”

这一次，连大师兄也没有反驳，四个人加上一个小半妖从紫鹏真人的洞府鱼贯而出，顺着来时漫长的石阶连滚带爬地跑到了山穴另一边，等他们几个从水潭中爬出来的时候，天彻底黑了，月上了中天。

程潜松开在水中捂住女婴口鼻的手，将哭得快要背过气的幼年天妖放在一边，松了口气，结束了他们俩的互相折磨。四个人不约而同地没提要回去的事，洁癖的顾不上洁癖，肚饿的也顾不上肚饿了，他们一起横七竖八地坐在山穴池边，眼巴巴地等着木椿真人。

夜色越是浓郁，近水的地方就越是阴冷，程潜把衣服裹紧了些，扫了一眼韩渊，韩渊身上只有李筠的一件外衣，正冻得瑟瑟发抖，程潜看他哆嗦的样子，感觉他是活该。

旁边严争鸣双手抱在胸前，严厉地瞪着韩渊，他将自己的佩剑远远地丢在一边，砍了耗子又戳过蛤蟆的剑，实在不配再近他的身，只等师父安全回来，他就要把那把什么东西都砍过的佩剑踹进水池里去。严争鸣冷冷地说道："入门不到一个月，你就敢闯山穴，将来你是还准备把扶摇山化为齑粉么？我看你还不如被耗子烤了吃！"

鼻青脸肿的韩渊听了这么不客气的训斥，脸色先是一变，正待横眉立目，随即想起是师兄们不辞艰险将他捞出来的，顿时熄了满心义愤，蔫蔫地低下头，老实巴交地听训。

大师兄正待将韩渊从头到脚贬斥一通，李筠却突然插了话。李筠轻声说道："大师兄，小师弟，是我的错，是我撺掇小师弟闯后山的，我不知道这里连着群妖谷。"

他此言一出，几个人都是一愣。

韩渊只是有点二百五，平时没事喜欢偷个鸡、取个巧，并不是真缺心眼儿，他在妖谷里躲大妖怪，被耗子精们抓去说要下饭的时候，吓疯了，也怨恨过，但这点怨恨在看见李筠手无寸铁地跟着师兄们来救他时，就已经差不多没了。

此时，李筠突然把话摊开来说，韩渊心里最后一点不舒服也奇迹似的被师兄的坦白撞得烟消云散。小叫花子有点不好意思地低了低头："没有的事，其实也是我自己想来，再说，还是师兄们救的我呢。"

"不，我其实没有，"李筠仿佛打开了话匣子，一时间，他难以面对的、难以启齿的话像洪水拉了闸一样倾泻而出，根本来不及过心，他一股脑地说道，"我进了山谷以后，知道了里面有什么，其实怕得不行，几次三番想打退堂鼓，要不是大师兄和三师弟，我早就，早就……"

程潜听了他这番话，莫名地觉得李筠也有点可爱起来，便笑道："谁不害怕，我也吓得不行。"

“我可没看出你吓得不行，”严争鸣哼了一声，“尤其是你在狗熊精尸体上十八摸的时候。”

程潜愣了愣，后半句没听明白，一头雾水地辩解道：“我没有摸十八次，就想拿它那个利齿防身，二师兄手里什么都没有才是胆子大呢。”

严争鸣听了幼小的师弟驴唇不对马嘴的回答，这才意识到自己好像说错话了——暴露了他平时低俗的消遣，脸上立刻升起一层薄红。

李筠愣了一下，然后掩饰什么一样地飞快低下了头，明白得很快，可见也高雅不到什么地方去。

韩渊则比他们这些“道貌岸然”之人坦白多了，不怀好意地笑得打跌，将已经睡着了的小天妖吵得哼唧了起来。

只有“天真无邪”的小程潜一脸莫名其妙。

他们四个歪七扭八地坐在这里，虽然个个形容狼狈，却是前所未有的和谐平静。

严争鸣恼羞成怒，抓起一块小石子就去砸那多嘴多舌的小叫花子，韩渊一边抱头鼠窜，一边给自己找了个挡箭牌，指着天妖道：“我有正事，正事！师兄手下留情！这还有个女妖怪呢，我们要收留她吗？”

李筠说道："得看师父的意思——妖谷那边不知怎么样了，反正他们肯定不想要她。"

这一句话说得几个人都安静了下来。

没人要她……

这话在程潜心里戳了一下，他扫了一眼哼唧了两声后又睡得人事不知的小夭妖，不由自主地对她起了一点同病相怜的怜惜。

严争鸣说道："十有八九会留下，师父最喜欢往回捡东西了。不过我看我们最好趁师父没回来之前先给她编个名字，不然……"

他意有所指地瞟了韩渊一眼，韩渊想起自己的倒霉名字，眼皮顿时跳了两下。严争鸣又冷笑道："万一师父给她起名叫韩手指，我怕她长大以后会不想活了。"

几个人商量来商量去，将风花雪月的雅号与村姑的五十个常用闺名全部争论了一番。

最后，严争鸣拍了板："她既然是我们从山穴这水坑里捞出来的，就叫'潭'算了，跟着师父姓韩，韩潭。"

韩渊忙多此一举地补充道："这个好，还能起个小名叫'水坑'。"

严争鸣："……"

这回他连揍韩渊都懒得揍了，因为实在是有损格调。

不知过了多久，程潜又困又累，不知不觉的，他就在师兄弟们心无芥蒂的磕牙与打闹声中靠在一块石头上迷糊了过去，直到露水降下来，天将破晓，他才被人轻轻地推醒。程潜一激灵醒了过来，用力揉了揉眼睛，看见披星戴月的木椿真人不复方才横剑在前的仙风道骨，正一脸愁苦地看着他们几个。

这可怎么好，山穴一日游，进去的时候是四个，出来了五个。

木椿真人的目光在一张起床气脸的大徒弟、低头打哈欠的二徒弟、神色迷茫的三徒弟、不敢抬头与自己对视的四徒弟身上扫视了一圈，末了叹道："为师比那紫鹏真人年轻三百岁，看起来却像她的爹，你们知道为什么吗？"

不等几个人回答，木椿便直直地看着韩渊道："因为她没有收徒弟。"

韩渊的下巴已经快要杵到自己胸口了。

严争鸣仿佛没听出他话音里晦涩的指责，唯恐天下不乱地插话道："师父，你和那老母鸡说什么了？她没挠你吧？"

木椿真人向天翻了个白眼："我自然是同她说了道理——争鸣，修行中人应当谨言慎行，注意以德服人，你时时对前辈出言无状是个什么道理？"

严争鸣怒道："她差点挠了我！总有一天我要拔干净她的毛，

绑个鸡毛掸子扫传道堂用！”

木椿真人：“……”

严争鸣过了嘴瘾，感觉心情舒畅多了，这才想起正事。

“对了，师父，”他用“顺便一提”的语气对木椿真人说道，“我们还给你捡了个徒弟呢！”

木椿真人看着那肉胳膊肉腿的小天妖，将双手背在身后，仰头望了望无限夜空，沧桑无限地叹道：“徒儿们呐，你们就让为师多活几年吧！”

第六章

步入仙门

在师父的无限愁苦中，韩潭成了他们的小师妹。

无数民间传说中，仙门里的“小师妹”都让人浮想联翩，有如冰似雪的绝代佳人，有笑靥如花的小解语花……但想必不会有人想听这些仙子们兜着尿布阶段的故事。

刚开始，木椿真人打算安排严争鸣身边几个侍女轮番去照顾她，可惜照顾了没有一天半，那天妖已经哭塌了三间房。她吊起嗓子，连紫鹏真人的洞府都不在话下，何况几间砖瓦破房呢？木椿真人无法，只得将小水坑转移到了山腰一处洞府处，据说那洞府是个老祖宗闭关修行的地方，能禁得住九天神雷。

可是这样一来，严争鸣那几个娇滴滴的梳头姑娘们不干了。

她们在严争鸣的温柔乡里干的最重的活，也就是梳头弄香侍弄花草，哪耐得住这么个小东西折腾？何况那位老前辈恐怕是个苦修之人，洞府中毛都没有，床是一块硬邦邦的大石头，椅子是一块硬邦邦的小石头，这是人待的地方吗?

几个美人梨花带雨、哭哭啼啼地跑到掌门面前，宣布自己宁死不住。

木椿真人一怒之下，令几个徒弟轮流带他们这位天生有大灵通的师妹——谁让他们闯祸捅娄子将人带回来的?

徒弟们任罚，只好轮流祸害……照顾小水坑。

韩渊不必说，自己就是个叫花子出身的浑不懔，仅用了一天时间，就将他出身不凡的水坑师妹变成了一个准叫花，给她从头到脚包着模样奇诡的尿布，滚得一身灰头土脸。由于馋嘴的四师兄“好奇”地将奶糊尝完了大半，师父晚上前去视察的时候，发现没吃饱的水坑姑娘正张着一张无齿的嘴，准备咬上一只肉乎乎的大青虫。

连素来稳重的程潜也很靠不住,程潜一天到晚装得温文有礼，实际心性冷漠，且最懒得应付小孩子，轮到他的时候，他便完成任务似的，将自己的功课一起搬到了洞府中，跟叽喳乱叫的小师妹各干各的，不理会她。做完功课，他又发现此处有前辈留下的一些手记，虽然十有八九看不懂，但他依然十分认真地钻研了一整晚。程潜认真起来雷打不动、心无旁骛，完全忘了旁边还有个活物，等他回过神来的时候，发现小师妹已经顶着一脸干涸的奶糊和可怜兮兮的泪痕睡着了。

最能折腾的自然是严争鸣，他领着十七八个道童，寻仇一样地来到小水坑的洞府，自己站在门口将道童们指挥得团团转，不肯走进去半步。每次倒霉孩子便溺完毕，她的大师兄都一脸要死的模样离开八丈远，命令道童们将她从头到脚洗上个三五遍，水坑姑娘一整天都被泡在水里，身上足有三斤熏香，熏晕了一只过路的蜜蜂。

还有最离谱的李筠——李筠觉得小师妹短胳膊短腿，走路不稳实在很可怜，于是往她身上滴了几滴金蛤神水，在她脖子上拴了根绳，牵着“蛤蟆师妹”绕山走了半圈。

经此一役，木椿真人再不敢将水坑交给任何一个徒弟了——那毕竟也是一条性命啊。

掌门只好找人编了个筐，每天背着天妖，用千奇百怪的经文“荼毒”她的视听。

一般来说，在一起长大的少年们，会自然而然地混在一起，成为发小，可是扶摇山上的几个小崽子明显都不是一般少年，有出格事儿多的，出格会冒坏水的，出格冷淡刻薄的，出格不修边幅的……不过一趟妖谷之行，师兄弟四人之间的冰冷与隔阂却不知不觉地消融了不少，逐渐露出各自的真性情来。

对此，木椿真人先是倍感欣慰，但他很快就发现，其实徒弟们还是像以前那样相敬如宾比较好。

一个倒霉孩子就只是个孩子，两个凑在一起就是灾难，三个凑成一堆就能翻江倒海，至于四个……扶摇山上就此没了宁日……

有一天，越发放肆的严争鸣突发奇想，在师弟们的桌子底下各塞了一个大香炉，整天将传道堂烧得云缭雾绕，活似一口大汤锅，他自己则化身成了一只飘在汤锅上的白饺子，每天晨课在一片白茫茫里睡得人事不知，不知道有多惬意。

蔫坏的李筠见不得他这么臭美，不知道又从哪里翻出了“凝神香”的配方。

凝神香是一种毫无疑问的旁门左道，并且根本不像它的名字那么清白无辜。据说在睡着的人枕边点一撮，能让人做一宿春梦，其乐无穷。李筠不知何为“春梦”，然而看到“其乐无穷”四个字，感觉很适合戏耍大师兄。他弄出了秘方，韩渊便自告奋勇地去配。

众所周知，韩渊是个颠三倒四的人，入门这么久也没把门规完整地背下来，一个连张菜谱都看不明白的货色，他能配出点什么呢？何况这小叫花子还热爱创新，大手大脚地融入了自己的想法——他擅自在其中加了两味厨房的调味料，活生生地将“凝神香”配成了一剂半吊子的迷幻香，然后满怀期待地在大师兄开始“晨睡”的时候，塞进了自己的香炉里。

当天，传道堂附近的花鸟鱼虫就全都疯了。

两只蝴蝶在师父头顶上翩翩起舞，赶都赶不走，一颤一颤的翅膀好像他戴了一副女人家的钗子。而李筠的新宠——一只大肚子蝈蝈，像喝醉了一样地爬了出来，晃悠几步，踩着某种奇诡的轻身功法一头栽进了程潜的砚台，程潜提笔欲蘸墨的手一时僵硬地悬在了半空，袖子上斑斑墨迹好像一团黑梅花。

师父这辈子未曾这样招蜂引蝶过，经都念不下去了，将爬到自己头上抓蝴蝶的水坑塞回背篓里，气急败坏地拖起他的老旦腔，将训斥唱成了一出戏，令韩渊熄了香炉。韩渊嬉皮笑脸地将桌子底下的大香炉拿上来，拿起一碗茶水要往上浇，李筠正对着师父的新形象窃笑，程潜则要笑不笑地用两根笔杆灵巧地将那蝈蝈夹了出来，一抬手丢进了香炉中。

这几件事同时发生，李筠发觉不对时连忙大叫出声：“啊哟，别！”

可是已经晚了，品种不详的蝈蝈和韩渊的半碗茶一同劈头盖脸地浇在了香炉上，严少爷拿来的香炉上都有避水符咒，就算真要浇水，也得顺着特殊的渠道和孔洞才行。避水符咒遭到挑衅，立刻反击，烧出了一团一巴掌高的火苗，李筠的蝈蝈不知从何而来，竟是真金不怕火炼，带着一身烈火飞奔而出，在空中划过一道犀利的火光，直冲向师父的两撇小胡子。香里的几味调味料就在这种情况下发挥了作用——那火蝈蝈将师父的胡子烧成了两把酱香浓郁的焦丝。

当天，韩渊与李筠被罚抄写经书二十遍，严争鸣作为始作俑者，且晨课时堂而皇之地睡大觉实在太不像话，无法姑息，连坐十遍，唯有程潜虽然起了重要的推波助澜的作用，但念在并非故意，且事后认错及时，幸免于难。

为此，严争鸣端着架子、厚着脸皮，在晚间程潜回清安居的半路上截住了他，道貌岸然地说道："小铜钱，今日我正好得空，指点指点你剑法怎么样？"

多日相处，程潜已经看透了此人的特点——只要是吃喝玩乐，严少爷必然会勇往直前，而一旦让他老老实实地坐下学点什么，他立刻就能变成一个捧心的病西施，叽叽歪歪地能从脚趾甲疼到头发丝。

他主动要指点自己剑法？除非是太阳打西边升起来。

果然，下一刻，他的大师兄就仪态万方地说出了本来目的：“哎呀，我想起来了，今天师父还罚了我抄经，呃……这个，看来为兄是没有时间了，不过你要是能帮我抄几遍……”

大师兄夜猫子进宅，无事不来，于是程潜头也不抬地将他撅了回去：“师兄还是抄经去吧，练剑这种粗活我可不敢劳动您，怕您老人家闪了腰——刚才不是还说练剑劳累中暑了吗？”

严争鸣：“……”

人生为什么不能只如初见呢？他那虽然假惺惺，但客客气气的三师弟再也找不回来了。

“慢着！”严争鸣仍然不肯放弃，他眼珠一转，瞥见四下无人，于是一抬胳膊勾住程潜脖子，将他拽过来，悄声说道，“替我写几份，我告诉你一个秘密。”

严争鸣能有什么秘密？总不过就是臭美秘方，程潜毫无兴趣，给了他一个嗤笑。严争鸣二话不说，利用身体高大之便，一路将程潜夹在胳膊底下挟持走了——走得脚下生风，一点也不像因练剑“过于用功”刚中完暑的。

程潜很少在山头乱逛，每天就是两点一线地从清安居到传道堂，再从传道堂回清安居。他当然不是没有好奇心，只是自制力极强，认为自己学艺未成，四处乱跑不像话，因此虽然知道扶摇山上有很多前辈留下来的洞府，却基本上没有探访过。严争鸣一路将他挟持到了山顶，在猎猎的风中，他把程潜带到了一块长得很像猴子的奇石旁："就是这。"

程潜瞥了那石猴子一眼，疑惑道："这……莫非是师兄给小师弟立的雕像？"

严争鸣得意扬扬："小东西，不要逞口舌之利，有你求我的时候。"

说完，他从怀中掏出手绢，沿着石头外围擦去了尘土，只见那里竟有一条门形的缝隙。严争鸣将手附在了那石门上，低头敛目片刻，一阵"吱吱呀呀"的响动后，石猴腹上的门被他推开了，里面是个逼仄的小山洞，洞口能看见直通往地下的一排石阶，黑乎乎的。

严争鸣道："这道门只有能引气入体的人才可以推开，这山上除非你去求师父，否则也就只有我能带你进来了——跟我来。"

说完，他一矮身钻了进去。

程潜懒洋洋地跟在他身后，并不很感兴趣，敷衍着问道："这是什么地方？"

严争鸣一边在前领路，一边说道："没人给它起过名，不过师父管这里叫经楼。"

程潜一愣。

这时，左右两侧的石壁上刻录的明符仿佛能感觉到有人进来，原本幽暗的墙壁在两个人走进来后，立刻发出了幽幽的白光，不刺眼，却刚好照明。

“里面收录了我派数千年来的无数典籍，除了师父挚爱的那些个百家经文以外，还有前辈们四处搜罗的心法剑法，”严争鸣如果有尾巴，此时应该已经翘起来了，“小铜钱，以后再碰上师父让抄什么经书门规的，要是你能给我分担一部分……我就可以每十天来给你开一次门，怎么样？”

说话间，石阶已经要走到尽头，一阵故纸堆的墨香扑面而来，程潜忍不住有点怀疑地问道：“既然这么厉害，怎么我从来没见师兄你来过？”

严争鸣义正词严地答道：“贪多嚼不烂，欲速则不达，我现在只需要专心练好本门木剑，了解太多反而容易分神。”

一套入门剑法练了七八年，还真有脸说自己“专心”，程潜简直懒得出言讽刺，但下一刻，他却结结实实地呆住了——只见狭窄的小路到了头，前方豁然开朗，一个巨大的石洞跃然眼前，书架自下而上直通洞顶，一沓沓丝绢、竹简、兽皮以及最常见的纸书，分门别类而列，有心法、剑法、各种旁门左道，乃至于名山大川、游记奇闻等等，不一而足，堪称卷帙浩繁。

石洞后面还有石阶，通往更下层。

严争鸣双手一背，说道："经楼共九层，藏书不计其数，李筠那些乱七八糟的配方都是以前跟我打扫经楼的时候趁机偷的，啧，这不成器的东西——对了，铜钱，你决定替你师兄我抄经了吗？"

程潜感觉自己是一只掉进了米缸里的耗子。他从未看严争鸣这样顺眼过，此时此刻，别说是替师兄抄几遍经书，就是以身相许都是可以的！

从这以后，程潜过上了越发深居简出的日子，他自己的功课片刻不敢放松，闲暇期间要分担大师兄那些不断增加的各种罚抄，还要在夜深人静的时候偷偷消化自己在经楼里看的书。严争鸣按照承诺，每十天替他开一次门，而程潜就像一只贪心不足的蛇，恨不能将整个经楼都塞进脑子里带走，每每囫囵吞枣地记住几大篇，再用剩下的十天回去慢慢琢磨。

这样的日子充实而流逝得飞快，转眼就是春去秋来的一整年。

期间，天妖水坑已经表现出了她非人的一面，她超前地学会了爬走蹦跳，明明破壳而出只有周岁，眼下个子却已经及得上凡人女孩四五岁的样子了。

程潜风雨无阻，不间断地往经楼里溜，同时，他的字也临摹得越来越像山上的碑文，甚至无师自通地学会了如何模仿严争鸣的字。严争鸣一开始以为程潜像李筠一样，会偷偷揣走几本旁门左道与奇闻逸事的故事书，谁知有一次无意中瞟了一眼，竟发现他在正经八百地看剑谱与功法。

师父教的都练不完，他还要自己找别的东西来看！

严争鸣这个烂泥扶不上墙的大师兄就此得出一个结论——铜钱这小子疯了。

有一天，在替程潜开启经楼门的时候，严争鸣终于忍不住正色道：“铜钱，你这么用功到底打算干什么，是要去南天门造反吗？”

程潜感觉严争鸣是“燕雀安知鸿鹄之志”，自己跟他话不投机半句多，便搪塞道：“师父说了，‘莛与楹，厉与西施，道通为一’，大道虽有万变，却不离其宗，我是打算多看一些，以便和本门功法相辅相成。”

严争鸣奇怪地问：“你才入门一年，看功法着什么急？”

程潜道：“去年咱们从妖谷回来的时候，大师兄不也说要拔光紫鹏真人的毛吗？不学好功法，怎么斗得过她？”

严争鸣一听，更加惊奇了：“是啊，我说‘总有一天’，那老杂毛都八百多岁了，我才十六，我着什么急？说不定过个七八百年，我比她还厉害呢。”

程潜：“……”

这一年光景，严争鸣的少年身量渐渐拉伸长开，已经露出成年男子的颀长体态，举手投足间褪去青涩，初具风华，有时候程潜看着自己细瘦的胳膊腿和磨磨蹭蹭的个子，再看看大师兄，心里多少也会有点羡慕。但这一丁点的欣赏与羡慕，并不足以让他容忍严争鸣变本加厉的臭美和自恋。严争鸣仿佛认为自己已经能羞死宋玉、愧煞潘安了，一切反光的东西——下完雨地上的水坑，雪亮的佩剑，他都要借机自照一下，依照其面部表情，程潜认为他照的时候，心里还一定正在对自己赞叹不已。

拿剑当镜子照的人，能练就什么好剑法吗？

闻所未闻。

别说七八百年，就算严争鸣能活七八千年，他也是个老而不死的废物。

程潜对他无话可说，径自走到一边翻开了自己上次看了一半的书，感觉门派真是好不了了。

又一次偷偷潜入经楼的时候，程潜看完了整本符咒入门，见经楼灰尘到处飘，他突然动了打扫的心，从上扫到下，一路到了经楼底层。底层仿佛是个堆破烂的地方，经年日久没有人来，时间长了，上面已经蒙上了一层厚厚的灰，其他层的墙壁与书架上都刻了防蛀防水的符咒，唯有底层什么也没有，虫蛀的、缺页的书散落得到处都是，内容也庞杂无状，有菜谱，有酿酒秘籍，有教人怎么侍弄花草的，甚至还有一本春宫图——扉页上的男人被虫蛀掉了一半的屁股。

程潜被那些乱糟糟的杂物辣得双目刺痛，连忙堆好收在一边，打算来个彻底清洁，这一清洁，他有了意外收获。程潜在一个破木头架子后面，找到了一面写满蝇头小楷的墙，掸下尘埃，拂去满目的蛛网，他看清了墙上的字迹。

题目简洁明了：魔道。

程潜吃了一惊，没想到扶摇派的经楼里竟有这样的东西，他犹豫了一下，觉得自己好像不该偷看，却在抬脚欲走的时候，不由自主地想起了那个“北冥君”。

能以人魂为木刻符咒，不必现身就吓得紫鹏真人魂不附体，孤身一人便能压制暴乱的群妖谷。

如果那样的力量是魔道……

程潜心神一阵动荡，连忙一咬舌尖，逼着自己眼光不要乱瞟，他磨磨蹭蹭地将底层全部打扫了一遍，几乎一步三回头地上楼离开。可惜，他只离开了一小会儿就反悔了，片刻后，程潜飞快地跑了回来，将扫把一扔，趴在墙上逐字逐句地看了下去，心道：我就看看，了解一下，也是知己知彼。

那面墙上记载了成百上千种魔修之道，千奇百怪，无所不包，其中有纵欲成魔的、杀戮成魔的、执念成魔的……有自愿成魔，也有机缘巧合，不过程潜很快发现了，除去那些看了就让人觉得恶心的奇葩功法，居然很多魔修之道看起来也没什么不正常的。魔修里面也有以剑入道和以符咒入道的，符咒中那些明符暗符的分类、修炼方式等等，好像和师父平时教给大师兄的也没什么差别。

程潜一直在找如何感应气感、引气入体的门路，因此看了不少千奇百怪的心法，他发现此处魔道中记载的引气入体之法，和其他的功法基本大同小异，甚至同样有“静心”、“去念”等诸多要求。

程潜心里布满疑惑，回去琢磨了三天，实在憋不住疑惑，他问了师父。

木椿真人闻言一抬头，有那么一瞬间，程潜觉得他眼睛里有一团黑雾闪过，可是闪得飞快，程潜还以为自己眼花了。

“你问魔道？”木椿真人似乎是愣了愣，沉吟片刻才反问道，“怎么会想起问这个？”

严争鸣用一本扶摇木剑的剑谱挡着脸，在桌子底下狠狠地踹了程潜一脚，唯恐这小崽子一时忘形，将自己带他私闯经楼的事供出来。

程潜险些被他一脚踹趴下，“咣当”一下撞在了石桌上，立刻愤而反击，在大师兄雪白的缎子鞋面上狠狠地踩了个黑脚印，一时没顾上回答师父的问题。他们师兄弟几个没大没小，时常在桌子底下你踹我一脚我捅你一下的，木椿真人早已经习惯了，因此不怎么在意，出神地思量了片刻，他开口说道：“‘莛与楹，厉与西施，道通为一’，大道无道，殊途同归，魔修走的不过是另一条路而已，途中略有相似，也没什么稀奇的。”

程潜听了，只觉得这段话十分耳熟，随即，他想起来了——这不就是他在经楼忽悠大师兄的么？师父的言谈中透着一股敷衍味，于是程潜追问道：“师父，那我们选择这一条路，不选择另一条路，原因是什么呢？”

木椿真人闻言，静静地看了他一会儿，良久，意味深长地说道：“李生大路无人摘，必苦，你明白吗？”

这一句话犹如一壶凉水，从程潜的天灵盖一路浇到了尾巴骨，凉得透了心，他一瞬间有种被师父看透了的错觉。见过北冥君之后，“万魔之宗”四个字不知不觉就根植在了程潜心里，群妖谷中，他觉得近乎无从战胜的大妖怪们，在那个人眼里好像都是不值一提的小物件，何等强横。

那次李筠谈论魔修的时候被大师兄中途呵止，已经让程潜隐约感觉到了众人对魔修的普遍态度，但他心里有种危险的冲动，被那无边的力量吸引，不由自主地被吸引着想去探寻。

今日有此一问之前，程潜心里也想过很多，既然他已经有偏向，那么师父无论怎样诋毁魔修、怎样说其为邪魔外道，他都有话好反驳。谁知道姜还是老的辣，木椿真人这一句话看似轻飘飘，实际沉甸甸地打在他胸口，顿时将他心里诸多理由全都打成了“自作聪明的侥幸之心”。

程潜心里的好奇一时间烟消云散，他只好恭恭敬敬地一低头，轻声说道：“多谢师父。”

木椿真人捋了捋胡子，感觉程潜的悟性超出了他的预期，有点欣慰，于是借着高兴，他轻咳一声，将徒弟们的注意力都拉了过来，开口宣布道：“徒儿们，你们近日要多多用功，为师要带你们出门一趟。”

“什么？”

“去哪？”

几个人几乎异口同声，当中有惊有喜——对于韩渊之流，出门放风自然如同过节，对于严争鸣来说，那就不啻为一场晴天霹雳了。

木椿真人道：“十年一度的仙市快开了，你们整日在扶摇山上坐井观天，没有见过真正的修真界，为师要带你们去见见世面，顺便走访老友一二，双方都有徒弟，难免比较，你们不要太给师父丢脸啊。”

丢脸……这简直是不可避免的。

严争鸣第一时间反应过来，正襟危坐道：“师父，我就不去给您丢人现眼了，您带师弟师妹们去吧，我看家。”

木椿真人慈祥地看着他说道：“众道童都能看家，不必劳动我扶摇派首徒。”

严争鸣振振有词道：“那怎么行？万一山穴再出问题呢？万一有小贼觊觎我扶摇派钟灵毓秀，前来偷盗呢？”

木椿真人不紧不慢地应道：“那日我与紫鹏道友协议，她已经封闭了山穴，不必忧心，山脚下有符咒，还有道童守门，寻常小贼上不来。”

严争鸣还要分辩，早已经摩拳擦掌的韩渊终于忍不住插话道：

“师兄，你怎么跟个大门不出二门不迈的大家闺秀一样啊？”

严少爷当场给气了个脸红脖子粗，感觉姓韩的真是再讨厌也没有了，拂袖而去。

木椿真人笑眯眯地目送着他远去的背影，抚摸着韩渊的“狗头”，用同样慈祥的面孔威胁道：“小渊不求上进，至今连门规都没背下来，我看你不如留下来看家吧。”

韩渊顿时成了一棵霜打的茄子。

接下来这十天，扶摇山上简直鸡犬不宁，由首徒严争鸣带头闹事。为了不出远门，严争鸣装病、抗争，无所不为，到最后几乎拉下脸面来找师父耍赖，丧心病狂地作，作得死去活来。

可惜，这次木椿真人是王八吃秤砣，铁了心地要将这“养在深山人未识”的大弟子弄下山去，完全不吃他那套。

韩渊则正相反，为了出门，他简直每时每刻都在背门规，不过此人好像天生不是背书的料，背得头昏脑涨，欲仙欲死，依然丢三落四背不齐全，程潜亲眼看见他拿自己的脑袋往墙上撞的情景，形似癫狂。

连师父也变得神龙见首不见尾了起来。

这一日，程潜将宣纸垫在院中清心石上，站着默《清静经》。

自从那天从师父那得到了关于魔修的解答后，他总感觉自己好像触碰到了什么，但又与那东西隔了一层，一时不得其门而入，因此微微有些焦躁。焦躁不利于修行，程潜只好先停下其他的事，默经静心。

可是才写了一半，程潜就听见了门响，雪青出去应门，片刻后，抱进了一个圆头圆脑的小女孩，正是他们小师妹水坑。水坑一半是人一半是妖，与凡人女孩自然是不一样，她身手矫健得不行，连爬树上房都不在话下，说话却不行。程潜有时觉得她更像个聪明伶俐的小动物，灵性十足，还是一颗蛋的时候就能感觉到别人的喜怒哀乐，可要让她口吐人言就困难了。师父说，若是她身上真有一半妖血作祟，那么她就算长到十来岁都不会开口说话，也没什么稀奇的。

水坑大概是趁师父不注意溜了出来，能吸引小孩的不过就两样，好吃的和好玩的，水坑平时比较喜欢去温柔乡，因为大师兄洁癖过人，为了尽快将她打发走，会准备很多好吃的，只要她一来，就以喂食为诱惑，指使她去祸害别人，其次她比较愿意去找韩渊，韩渊本人就是那个“好玩的”。她从不搭理李筠——因为李筠把她变成过一只蛤蟆。

她不大愿意来程潜这，因为程潜不爱搭理她，而且没什么柔情，水坑有点怕他。

清安居里难得见到水坑小师妹，程潜惊奇地问："你怎么跑我这来了？"

水坑"啊啊"两声，双眼含泪地上前拽住他的裤腿，随即只听"噗"一声，她后背的衣服竟被什么顶开了，程潜一怔，将她翻过来一看，水坑背上长出了两只看不出是什么鸟的翅膀！

后背突然多长出两扇翅膀，想来也会像普通人长个子一样拉得骨头疼。小水坑大概是找不到师父，大师兄忙着作天作地，四师兄又忙着背诵门规，无人可以诉说，才跑来拽着他的裤腿哭。

程潜捏住水坑的翅膀，仔细观察了片刻，见那一双翅膀长得天衣无缝，只是有点像鸡，便不大熟练地将她抱起来，说道："没什么，这应该是你娘留给你的。"

不知是不是他的错觉，他觉得手里的小姑娘好像轻了不少——至少不像她看起来那么胖嘟嘟的。难不成她的身体变成了一半鸟，连骨头都成了空心的？程潜在经楼里扫见过几本和妖修有关的记载，没仔细看，只知道一般妖修须得有一定的道行，才能化成人形。但水坑既然是半人半妖，那么她天生就应该有人妖两体，只是不知道她能不能收放自如地随意转变了。

程潜举起小水坑，浑然不顾她只是个牙还没长全的小崽子，一本正经地对她说道："你试试自己集中意念，让这个翅膀变小一些，藏起来……藏起来明白吗？唉，师妹，你现在听得懂人话吗？"

水坑睁着一双无知的大眼睛，也不知道听明白了几个字，一脸懵懂。程潜叹了口气："算了，我还是带你去找师父吧。"

水坑这时好像琢磨过来他方才那句话的意思了，她像个小哑巴一样拍着他的胳膊，"啊啊"了两声，随即握拳闭眼，脸都憋红了，一双眼睛对成了斗鸡眼，努力"集中意念"。不料事与愿违，只听"唰"一下，水坑后背那对幼小似鸡的翅膀陡然拉到了七八尺长，毛掉了一地，程潜好悬没被那对横空出世的大翅膀打了脸。

他目瞪口呆地看着这几乎化身巨禽的小师妹，水坑背后的衣服几乎全被那对大翅膀撕开了，好在她还是穿开裆裤的年纪，不必讲究男女之别。但那对翅膀实在太大，而中间夹着的女孩又太小，这一下几乎是只见翅膀不见人，就像个悬浮空中的大蛾子，诡异极了。

程潜从震惊中回过神来，与水坑大眼瞪小眼道："我让你变小，没有让你变大。"

本来是个他一只手就能拎起来的小女孩，陡然间因为那对庞然大物变得异常沉重，若不是练了这许久的剑，程潜几乎抱不动她。水坑无辜地看着他，被翅膀坠得难以保持身体竖直，左摇右晃地挂在了程潜的胳膊上。

还是要去找师父，程潜没办法，只好吃力地抱着她出门去，结果他俩一起被清安居的院门卡住了。

程潜："……"

可能无论什么年纪的女孩子，都不愿意面对自己竟会被门卡住这样残酷的事实，水坑本来是个不怎么爱哭闹的孩子，此时委屈地看着自己的翅膀，终于忍不住开始嚎了。普通的小崽子可以随便嚎，水坑嚎起来却是要震塌房子的！

程潜焦头烂额，一边艰难地保持平衡，一边艰难地试图跟她讲道理："翅膀大不代表你胖……真的，哎，好了好了，师妹，别哭了，你把翅膀收一收，别这样展着，收——回——来，懂吗？"

水坑抽抽噎噎地看着他，随着他的话音，渐渐止住了哭泣。

程潜松了口气，抱着渺茫的希望，希望她这次是真听懂了。

结果下一刻，他这只会听反话的小师妹就给他来了个白鹤亮翅，巨大的翅膀全然展开了，依从本能，她还颤颤巍巍地试着扇了一下，随即，她好像开启了某种隐藏的本能，竟然缓缓地飞了起来。

她那巨大的翅膀几乎带起一阵旋风，刮得清安居一阵飞沙走石，院中几株风雅娇弱的兰花全都遭了殃，一个个像被蹂躏过似的东倒西歪，程潜还没来得及睁开眼，就感觉衣服被一双手抓住了。

水坑原本胖乎乎、一排小坑的手变成了一对爪，那双爪牢牢地抓在了程潜身上，程潜顿时有了某种不祥的预感……

下一刻，他的预感成了真。

他被力大无穷的水坑带着腾空而起，胸口那颗心忽悠一下直接沉到了小腹里，程潜一开始本能地想挣扎，但随着她越飞越高，他连挣扎都不敢了，只好在猎猎的风中吼着水坑的大名："韩潭！你给我下去！"

水坑充耳不闻……对，她闻了也不见得听得懂。

程潜没想到自己有生以来第一次腾云驾雾居然是在这种情况下，当年没死在群妖谷中，闹不好却要死在小师妹的爪下！

水坑带着他飞过了清安居那小小的院门，飞过后面碧如绿玉的竹林，渐渐地，整个扶摇山都在他们脚下了。自高处下望，那山脊苍翠似染，绵延向远方，一边是在夕照下越发温柔的前山坦坡，一边是山影横斜处越发幽暗深邃的后山深谷。

山间影影绰绰的洞府与空置的院落无数，有些门口立着铭文，有些立着石像，有些干脆无名无姓，几千年的岁月中，无数人来而又往，承前启后，唯有笔迹各异的功法化做传承的骨血，深埋在九层经楼之下，其中，或有大能，或怀大才，或为大贤，或成大奸……

而今，皆是踪迹难觅。

扶摇派只剩下一个黄鼠狼师父，带着几个只会调皮捣蛋的徒弟，隐没于滚滚红尘之下。唯有不周之风扶摇直上，腾天潜渊。

高处的风刮得程潜脸颊生疼，而他渐渐抛却了开始的畏惧。他吐出一口气，好像吐出了一口久远的郁结。再一次地，他想起临仙高台上不可一世的北冥君，想起穷乡僻壤处，他那一双点着散碎银子的爹娘，在这云泥之别下，他清楚明白地看到了自己心里隐秘的愿望。

为什么渴望成为北冥君那样的人呢?

因为他心里憋着一股劲，倘或有一天他成了一方大能，三界无处不可来去，百兽见他瑟瑟发抖，凡人们全都匍匐在地……他是不是就能回到程家，看他们抓心挠肝地后悔不迭呢?

可是此时，当他没着没落地悬在高空，当扶摇山上的洞府与院落全都离他远去，他那从来都塞得满满当当的心忽然就空了。凡人一生，也不过就是三五十年，他这厢处心积虑，夙夜以继地等着回去打他们的脸，然后呢？

或许等他修成的时候，他们早已经不在人世了。

或许还在，可是半生已往，早年送出去的一个孩子，晚年想起来心里或许会有遗憾，遗憾之后，又还有多深的情分呢？

倘若他真的是他们的心肝宝贝，又怎么会被轻易地送走？而倘若没有情分，又怎么谈得上刻骨铭心的愧疚与追悔呢？

程潜忽然放松了紧绷的肩膀，任凭他那半妖师妹将他带往更高的地方。他发现自己一直以来自以为深邃的仇恨，其实都只是在自作多情而已。一刹那，程潜心中忽然之间有如破壁，他再次听见扶摇山上窃窃私语的回响，千万条山谷之风并没有和他擦肩而过，而是穿流入海般地穿过了他的身体。

没有停留，也没有依恋，如诸多欢欣、诸多烦扰，它们来了又走，周而复始，仿佛他成了这个世界的一部分。

不知过了多久，空中突然传来一声鹤唳，扶摇山上一只白鹤飞上天空，围着他们盘旋了几圈，在空中迷路的水坑哭得鼻涕一把眼泪一把，本能地跟着白鹤往下飞去，被白鹤引着，落在了木椿真人的不知堂前。

直到双脚着地，程潜依然是没有回过神来。

木椿真人解救了再次被不知堂的院门卡住的水坑，双手拂过她身后的巨翅，女孩那不协调的翅膀终于被不知名的力量包裹，缓缓缩回，最后消失了，只剩下后背那对胎记似的红痕。师父却并没有催促程潜，他抱着累得睡死过去的水坑静静地等在一边，给他护法，直到日头沉到了山下，程潜才回过神来，意识到自己的腿已经站麻了。

木椿真人将门口的一盏昏黄的风灯摘下来，让他回去路上照明，对程潜说道：“今天太晚了，你先自己回去，明天练完剑后，就可以留下和你大师兄一起学符咒了。”

程潜愣了一下才反应过来师父是什么意思，他吃了一惊，难得有点傻气地问道：“师父，方才那……那难道就是气感吗？”

木椿真人点了点头，笑道：“为师没看错，同门之中，你确实资质上佳。”

程潜听了这句夸赞，不知道该对此作何反应，反正不怎么得意得起来——非要加一个“同门之中”吗？如果“资质上佳”是跟严争鸣与韩渊李筠之流对比产生的话，他觉得此事也没什么好吹嘘的。

木椿真人看着他稳稳当当走在山间小路上的背影，心境有些沧桑，这么多年了，总算有个徒弟肯上进了，他摸了摸一边白鹤优美的颈子，自语道：“你说那几位见了，心里能受点刺激吗？”

白鹤蹭了他一下，起身飞走了，仿佛在决绝地告诉掌门真人——痴心妄想什么呢！

第二天，程潜留下与严争鸣一起学符咒的事震惊了扶摇派上下。

一干师兄弟围着他，不约而同地都是一个问题："什么？你已经能引气入体了吗？"

程潜揉着耳朵，刚开始不由得有点沾沾自喜，但还没等七情上脸，他自己已经先一步惊觉，想起漫长无边的修行路，连忙给自己泼了一大盆凉水，收敛了心神。于是他一派宠辱不惊，虚怀若谷地点了个头，淡淡地说道："嗯，算入门了。"

众弟子听了这话，反响不一。

其中，最正常的就是李筠了。李筠不能说不聪明，而他也一直自负聪明。耽于旁门左道还会自创玩法的必然不会是笨人，就是他在正事上不走心，剑学得也还算游刃有余，李筠最近好不容易不玩蛤蟆了，又迷上了玩虫子。然而他万万没想到，就在他沉溺玩乐时，一个晚他一年入门的师弟竟然先自己一步入门！一时间，李筠脸上和心里都不是滋味起来，他默默地收起了自己的蛐蛐笼子、蝈蝈笼子，以及功用不详的一瓶虫子酒，当天练完剑就回去用功了，都没顾上跟韩渊鬼混。

木椿真人看了很是欣慰，知道李筠会难受一会，换了谁都会难过，但难过只是一时，程潜对他的鞭策作用才是长久的。

可惜，师父还没欣慰完，他就发现，门派上下只有李筠这么一位长了心。比如正被门规折磨的韩渊就没什么感觉。韩渊自从妖谷一日游回来以后，就淡了追求气感的心，一心只追求吃喝玩乐去。

他想，气感着什么急呢？人生苦短，先玩几年再说呗。而此时，见同他一起入门的程潜竟然已经能引气入体，韩渊非但没有羡慕嫉妒，反而十分幸灾乐祸，临走拍着程潜的肩膀道："哎哟，得加课，你的苦日子就要来了！"

韩渊被师父用木剑挑着后脖领，扔出了传道堂。

至于他们那镇派之宝的首徒严争鸣，他看着自己旁边被加了一张桌子，又放上了一个一模一样的沙漏，先是有些感慨地说道："我练剑快四年才第一次产生气感，小铜钱入门有一年了吗？"

木椿真人以为少爷受到了刺激，准备奋发图强了。谁知严争鸣只是随便感慨一下，立刻就眉开眼笑起来，装模作样地说道："三师弟，以后在符咒方面，我们也可以像学经书一样'互相讨教'了。"

程潜皮笑肉不笑地回道："多加两块奶糕就想让我连你的符咒练习一起做了吗？师兄，你别做梦了。"

严争鸣："……"

对了，这小王八蛋以前一直将他当成经楼的人形钥匙！现在他可以自行前往了，自己连钥匙的价值都没有了！

第一次符咒课上，师父给了程潜一把刀和一块木牌，木牌上下有两条线，中间相距一寸宽，他这一段时间要做的，就是在画着刻度的木牌上刻出一道一寸长的竖痕。

"刚开始会有点阻力，"师父说道，"不用怕，慢慢来，你大师兄刻出一寸长的痕迹，磨蹭了有小半年呢。"

严争鸣尴尬地干咳了一声，自己也觉出自己不足以作为榜样。

直到落下第一刀，程潜才明白，原来符咒不是那么轻松容易就刻得上的。他很早就注意到，师兄学符咒时用的刻刀不是普通的刻木头刀，小刀上本身就有明符，是初学者专用的。程潜在经楼的《符咒入门》上看过，初学符咒的人不会把自己的力量和符咒勾连，所以需要这么一个辅助工具带入门。

而这个入门工具俨然不是好相与的，就在刀尖落在木头上的一瞬间，程潜感觉手中的刻刀仿佛成了一个巨大的旋涡，全身的力气似乎都被它抽了出去。

他吓了一跳，拿刀的手本能地一顿，只这一下的停顿，刀在木头上再无法前进半分。

程潜定睛一看，木头上只留下了一条猫抓一样的轻浅刻痕。

木椿事先没有告诉程潜符咒的笔锋不能断、不能停，必须一气呵成，否则就会前功尽弃，此时见他已经吃到了刻刀的苦头，才挪动着脚步，慢吞吞地走了过去，打算指出他先前的错处。他教严争鸣的时候也喜欢用这种“事后诸葛”的方式，因为认为这样能让他们记得清楚一点。可真人他实在是个慢性子，大概是因为他的脚步实在太不着急，木椿真人还没有溜达到程潜近前，那男孩已经握紧了手中的小刀，坚定笔直地下了第二刀。

刻刀再一次疯狂地消耗起他全身的力量，程潜心里默念着《符咒入门》，调动着他初成的气感，努力地使得周遭灵气沉入气海，再沿手臂而上。可惜程潜虽然抓到了窍门，毕竟刚入门，即便可以引气入体，能引的也十分有限，完全赶不上刻刀从他身上抽的。

最开始感觉不对劲的是腿脚，程潜仿佛马不停蹄地徒步走了十万八千里一样，一双脚刚开始是麻木，随后筋骨间渐渐流露出难以言喻的酸痛，那酸痛到了极致，又恢复成更加深重的麻木，到最后，他几乎感觉不到自己的腿了。紧随其后的是腰，如果不是程潜早就腾出一只手按住桌子，他腰部几乎没有了支撑，后背上开始针扎一样地疼起来，心在狂跳，他的后脊像是被某种看不见的东西压弯了。

最后是头。

人在极度困倦的时候是会产生错乱和幻觉的，程潜中途几次险些握不住手中的刻刀——而即使这样，他低头去看的时候，发现自己距离师父要求的一寸长还是有一小半的距离。

程潜有点眼花，那种感觉是十分难以言喻的，好像他在这片刻的时间绕着扶摇山山脚跑了二十圈，从头到脚都被筋疲力尽充斥着。怪不得他那拈轻怕重的大师兄每每坐在符咒前就要可着劲地抓耳挠腮。

可程潜天生不知道什么叫作“循序渐进”，什么叫作“适可而止”。越是艰难，越能将他骨子里那一点偏激和强硬全都激出来，小刀在木头上刮出了凄厉的“吱呀”声，每前进一毫，程潜都觉得自己已经力竭，但紧接着，他又总能在山穷水尽的边缘上再咬牙将那刀刃往下推一分。

就在他恍惚间，产生了自己的刀刃马上要到达终点的刻度线的错觉时，一只成年人的手不由分说地捏住了他的手腕。小刀“呛”一声掉在了桌面上，程潜手一软，绷紧的肌肉一时难以放松，无法抑制地颤抖起来。

木椿真人一手抱过他，一手抵在了他的后心上，程潜眼前一黑，好容易扒着师父的衣袖站住了，这才感觉到后背处一阵温和的暖流融入了他的四肢，暖流过处，他浑身麻木僵硬之处好像再次被无数根牛毛针密密麻麻地扎了一遍。

程潜冷汗出了一身，好生受了一番“百蚁噬心”，一口气卡在胸口，良久方才喘上来，喘得太急，呛出了他一阵撕心裂肺的咳嗽。木椿真人怪心疼地拍着他的后背，嘴里不住地说：“你这孩子，你这孩子啊……”

一边拿着刀修了半天指甲，还没开始进入正题的严争鸣看得目瞪口呆。

严争鸣愣愣地说道：“铜钱，你……”

他“你”了半晌，愣是没找到合适的词，最后憋出一句：“你……这么凶猛干什么？”

程潜好半晌才缓过来，木椿真人放开他，将木牌从他手里抽了出来，神色有些复杂地盯着那道竖痕看——开头一段还算平整，看得出他“无师自通”地知道符咒的窍门，但很快就脱力了，后半部分气如游丝地歪斜着，显然是程潜在不到半寸的地方就已经力竭了，后面的时深时浅，多处险些断开，却又始终没有断，不但没断，若不是自己打断，他还死命不肯弃刀。

这是胸口长了一颗多大的死心眼儿？

木椿真人有点后怕，他发现自己把程潜当成了严争鸣教是个大错误，险些酿出事端。

刚开始的符咒练习枯燥又严酷，基本不会教他们刻什么有用的东西，只是由刻刀引导初引气入体的弟子们锻炼经脉，借以拓宽。拓宽经脉并不是什么舒服的体验，须得一次一次地耗尽他们气海中刚能停留的一点气力。但这就好比拉筋，每天不间断地练，能练出功夫，但是贸然一下压到底，说不定就把筋崩断了。

想当初严少爷刚刚接触木牌的时候，基本就是刀尖在木头上戳了个坑，就开始嗷嗷叫手疼腿疼屁股疼，嘴里说得仿佛他就快要不久于人世了，闹将起来倒是中气十足——死活不肯再碰符咒了。

木椿没办法，自己手把手地带了他两个多月，才勉强将他带进门。

就算是现在，他有时候让这大徒弟回去做点什么符咒练习，那货也是拿削果皮的刀在木板上随便刮一刮——别当师父不知道。木椿真人沉下脸来，先是狠狠地瞪了不明就里的严争鸣一眼，然后逼问程潜道："你去过经楼了？"

程潜："……"

严争鸣："……"

木椿真人转身坐在程潜桌子上，低头瞪着这不知天高地厚的小崽子："提前看了《符咒入门》，还看了什么？"

程潜没敢吭声。

"我想想，功法、剑法、心法、百家言，没准还有……"木椿真人每说一个词，程潜的头就更低一些，师父转过半张桌子，薄嘴唇无情地吐出两个字，"魔道？"

程潜心里重重地一跳："师父，我……"

木椿真人盯着他头顶小小的发旋，等着看他抵赖或者直接吓哭。谁知那小子并没有抵赖，也丝毫没有要流马尿的意思，他只是蔫蔫地站了一会儿，便痛快地承认道："师父我错了。"

木椿真人眼皮一跳，一点也不相信程潜能真心悔过："错哪了？"

程潜："……"

果然不是真心的。

严争鸣在旁边看得有点不落忍，随着师兄弟们感情愈加深厚，他这三师弟可恶的地方也无遮无拦起来，他时而恨不能掐死程潜，可又总能很快原谅他，因为他觉得程潜就像个戒心重、脾气坏的小狼崽，闹急了会给人一口，但仔细一看，留下的却从来都只是牙印，他心里知道谁对他好，只是装作凶狠，实际总是小心翼翼地不肯弄伤别人。

严争鸣袒护道：“师父，这也不能怪他，是我带他进去的，山上没什么娱乐，我想找几本闲书哄着师弟玩……”

木椿真人面无表情地说道：“看闲书会看到《符咒入门》吗？”

严争鸣道：“不小心扫见的呗。”

木椿真人掀了掀眼皮：“争鸣啊，你当他是你吗？”

严争鸣：“……”

他有点不知道师父是骂程潜，还是骂自己。

木椿真人叹了口气，看看严争鸣，又看看程潜，无比心累，觉得自己再这样教下去，恐怕面相上就不止像紫鹏真人的爹了，过几天说不定会变成她的爷爷。他招手叫过程潜，用袖子擦了擦他额角的冷汗，想严厉一点，却没有成功，只是显得有点深沉。

“九层经楼中有前辈人走过的大道三千，”木椿真人说道，“倒数第二层你去过吗？肯定没有，因为那没有你觉得有用的东西——那里记载了我扶摇派众多先辈走过的路和最后的结果……或者下场，你在找自己的道，为师希望你不要选最艰难的一条。”

程潜似懂非懂，却觉得这告诫沉重异常，不由自主地点了点头。然后在这样的似懂非懂中，他们俩被慈祥的师父罚了三十遍经文。

倒霉的大师兄，他仿佛无时无刻不在被师弟们连坐。

程潜在严争鸣再一次企图用贿赂、耍赖等无耻的方法逃脱惩罚前，就率先跑了。

回到清安居，他一丝不苟地写完了师父罚他抄的经书，一直写到了半夜，除了雪青来叫他吃饭，其他时间程潜都泡在了书房里——这种时候也只有雪青请得动他，因为有一次雪青叫他吃饭，程潜没理会，雪青就一直陪着他饿到了后半夜，从那以后，无论多么不想被打扰，程潜再也没忽略过他。

一口气写完后，他披星戴月地跑去了经楼。

这是他第一次用自己的手推开经楼的门，堂堂正正地走进去，他在自己常逛的剑谱和功法符咒周围徘徊了一会儿，鬼使神差地依着师父的吩咐，提步去了地下第二层。

程潜其实很会阳奉阴违，但不怎么喜欢这样对付师父。

倒数第二层只比最底层强一点，也是个人迹罕至的地方，此处书卷俨然，可见也没什么人会翻动，程潜随意挑出几卷，只见翻开正面都是画像，背面则收录了此弟子的生平——姓甚名谁，如何入门的，为人如何，因为什么入道，入了什么道，几起几落多少年，“归去”于某年某月，最后是尘埃落定后，后人给立的判词。

还有一些半途失踪的、被逐出门派的，天各一方，后续不详。

程潜先开始当消遣看了一会儿，到最后实在是太困，不知不觉中靠在书架一角睡着了，直到手中书卷落地，他才猛地惊醒，整个人往后一仰，从书架上滑了下去，迷迷糊糊地趴在了地上。

经楼里虽然有防蛀防潮的符咒，但久不见天日，依然是阴冷的，程潜被地面冰得一激灵，清醒过来。

这时，他看见书架底下好像有什么东西。那是书架底部与地面之间的一条小缝，须得是非常瘦小的孩子才能把胳膊伸进去，程潜正好身量未成，便挽起袖子，在书柜下面摸索了几下，将那东西拖了出来。

那也是一卷画像，而且稀奇的是，它只有半张，画纸中间好像是被利器划开了，画像上的男子只剩下了上半身，他身上穿着一件半新不旧的袍子，却绝不显得寒酸，不知绘者是谁，寥寥几笔，风华无双仿佛已经力透纸背而来。

但……这又是本门哪位前辈？

程潜翻到了画像背面，背面一个字都没有。他不是很懂画，就以外行人的眼光看，他觉得这画画得很好，不像是画废了的，可怎么会一个字也没有呢？他百思不得其解一阵，不过程潜对不认识的人素来兴趣有限，很快就不再纠结，将那半卷画收拾好，回楼上拣了几本书带回去看。

第七章 下山

日子过得飞快，六月初六那天，扶摇派师徒们浩浩荡荡地往山下出发了。

“浩浩荡荡”的情景乃是大师兄严争鸣一手炮制的。此人准备了好几辆大车，其中一辆拉他，另外几辆拉他的行李。其余人等——除了自己还是一件行李的水坑，都只随身携带了一个小小行囊，程潜额外在马背上放了两摞旧书，再没别的了。

尽管这样，严某人依然叫苦不迭，他整整七年没下过扶摇山了，是一朵山顶上的娇花，这一路风餐露宿几乎要了他的懒命。严少爷并不觉得七尺男儿整天赖在香车里有什么问题，只是他还有几分良心，坐了几天车，到底不忍心师父和师弟们在外面风吹日晒，便探头对骑在瘦马上的瘦师父说道：“师父，带着师弟们上车吧，外面太热啦。”

木椿真人感慨道："徒儿，你可真孝顺啊。"

少年到底长大一年是一年，严争鸣虽然变本加厉地臭美，却也确实比以前懂些事了——比如此时，从来不会看人脸色的严少爷竟听出了师父言语里的挖苦。

师父挖苦了他一句，拒绝了他的提议，只是把背篓里的水坑扔进了严争鸣的车里，让她用自己滴滴答答的口水去教训严少爷。一转头，木椿真人又看见了程潜，程潜那日受符咒反噬，始终没缓过来，小脸上依然青白一片。

木椿真人便对他说道："你也去你师兄车里歇一会儿，别逞强，在车里还可以看看书。"

严争鸣道："对，小铜钱，你过来跟小师妹一起玩吧，我这车让你们俩在里面打滚都够了。"

程潜毫不犹豫地摇了头，同时嘴里没一句好话："大师兄过谦了，就你这车队，嫁到宫里做娘娘的排场都够了。"

严争鸣难得有一点好心，总被他当驴肝肺，顿时怒气冲冲地放下车帘，不想再看见那小兔崽子了。

程潜不肯上车自然有原因，他记得师父说过，大师兄是以剑入道的，以剑入道的人大多心志坚定——除个别诸如严争鸣之类的奇人外。但他自己不一样，师父说他是因心入道。

什么是“因心入道”？

程潜在经楼里泡了半天，也没能弄明白这个“心”指的是什么。典籍上各家众说纷纭，流派甚多，他看花了眼也全无头绪，但各种各样的说法中，不约而同地提到了一点，“以剑入道者锻体，因心入道者炼神”。“炼神”，也就是磨炼心志，专注、忍耐、承受痛苦、磨砺毅力等等，全包含其中，修到一定程度，能随心所欲，大彻大悟，但对于初入门的程潜而言，他能想到的炼神方式就是苦修。

这一路酷暑之旅，正被他当成了磨砺自己的苦修机会，程潜待人十分刻薄，待己就是十二分刻薄，不肯放松一点，自然和严争鸣这种少爷不相为谋。

走了三天，师徒一行抵达了东海之滨。

东海之滨有一个小镇，名叫伏龙镇，天气好的时候，人站在海港上，能看见影影绰绰的海外仙山，镇上有各种兜售仙器的店铺，鱼龙混杂、真假难辨，不管春夏秋冬，一直都是车水马龙，每年都有无数远近游人。

可是哪一年都没有这一年热闹。

木椿真人他们抵达的时候，镇子上的大小客栈几乎都已经人满为患，严争鸣提议派一个道童在路边打听打听最贵的是哪一家，他准备用金子砸出几间上房来。师父装聋作哑地无视了他的馊主意。这老黄鼠狼轻车熟路，马不停蹄地将他们领到了伏龙小镇最南边的郊外，径直冲着一排茅屋去了。

那是一排真正的茅草房，外观上看，建筑风格与马厩有异曲同工之妙，门口几只饱食终日的鸡正在溜达，旁边还有一间石头砌的猪圈，一只满身肥油的蠢物正好奇地睁着两只眼，望着严少爷那十里红妆似的车队。严争鸣一把推开车门，皱着眉打量了一番周围的情景，伸长了胳膊捅了捅程潜：“这什么鬼地方？茅厕？”

严争鸣为人不大执着，也不大记仇，大概每天变着法地作妖才是他的主业，此时早忘了前几天被程潜气得倒仰的事了，又单方面地和他的三师弟言归于好。

程潜道：“没看见师父亲自进去叫门了吗，这应该就是我们落脚的地方。”

严争鸣：“……”

他宁可睡在马车里。

再没有比出门在外更让人郁愤的事了，严争鸣兀自生了一会儿生无可恋的闷气，好半天才气鼓鼓地想起自己身为大师兄的职责，他四下扫了一圈，点了点人，继而气势汹汹地抬头问李筠道：

“那个地包天呢？”

李筠自从受了程潜的刺激，就不肯再玩物丧志了，一路他骑在马背上，也学着程潜手不释卷，闻言头也不抬地伸出手指往上一指，众人随着他的目光抬头望去，只见茅屋门口有一株宛如成精的大枸杞树，枝繁叶茂的枝杈间探出了一个脑袋。韩渊顶花带刺地龇牙一笑，对下面表情各异的同门师兄们叫道：“找我啊？等我给你们摘红果吃，这上面长了好多呢，甜的！”

该死的师弟们，不是讨厌鬼就是现世宝，严争鸣愤怒地甩上了车门，打算干脆在车里过夜。然后他发现，由于旅途漫长，小师妹憋不住，在他车里尿了一泡。

被迫住进茅屋的严少爷脸色黑到了后半夜。

这一大片茅屋群给自己起了个很有自知之明的名,就叫作“破客栈”。

破客栈门口贴了两行字，左门框写着“三文一宿”，右门框写着“爱住不住”，门上画着个青面獠牙的怪兽，也没有伙计迎来送往，拽得跟二五八万一样。师父敲了门就敲了足有半炷香的光景，主人家才慢吞吞地露面，只见那是个身高八尺有余的大汉，像座铁打的小山，横竖近乎一样宽，他须发怒竖，面如铜盆，一张厚嘴唇，两边嘴角倒挂，活脱脱是个讨债的面貌。

此君一露面，李筠的马都惊了，“叽嘹嘹”地倒着小碎步往后退了一丈来远，险些一屁股撞在严争鸣的车门上，一张马脸被惊骇拉长了三寸。

师父却谦和熟稔地抱拳，笑道：“温雅兄，好久不见。”

一干徒弟与道童们听了，都感觉以后再难直视“温”与“雅”这俩字了。

“铁塔”开门时一脸不耐烦，及至看清了木椿真人，面色倒是稍缓了些，嘟囔了一句：“小椿，你怎么来了？”

程潜猝不及防地听了这吓人的称呼，整个人一晃，差点从马背上一头栽下去，身上火速蹿起了一层鸡皮疙瘩。

“进来吧，”温雅瞄了一眼严少爷那威风凛凛的车队，皱了皱眉，“你来就来了，怎么拖家带口的，这是去送亲？”

李筠、程潜与韩渊三人一同窃笑着望向严争鸣，严争鸣拿出他的新佩剑，狞笑着在李筠那匹胆小如鼠的马屁股上狠抽了一下，李筠的马顿时变成飞马，前腿高高抬起，拼了命地向前蹦了几下，将破客栈门前群鸡搅和得向阳而腾起，连肥猪也跟着哼哼而鸣。

严争鸣踩着风萧萧兮，趾高气扬地走进他这辈子住过的最破的茅草房，心里是一片“前途无亮”的凄惶悲壮。

当天，严少爷连饭也没出来吃，病恹恹地塞了两块点心，晚上又痛苦得睡不着觉——尽管道童已经将他下榻的茅草屋从里到外打扫了一百八十遍，他还是觉得床褥有味道，床板硌人，屋里又闷又热，不管点什么香都让人心烦意乱。总而言之，在这破得前无古人的鬼地方，严少爷对整个人生都产生了如鲠在喉的怀疑。他辗转反侧半夜，忍无可忍，秉承着自己不痛快也不让别人痛快的原则，一跃而起，准备去找师父算账。

客栈太破，老板又长得像个卖人肉包子的黑店主，生意必然不怎么样，在此处落脚的只有他们一家，因此偌大的院子空空荡荡。严争鸣甩下道童，化身成一只没头的苍蝇，怒气冲冲地在破客栈里乱碰，走过了众多鬼屋一样的茅草房，他在最里面的一间找到了自家那遭瘟的穷酸师父。

然而这时，严争鸣远远看见，木椿真人正和客栈老板温雅在一起闲坐，他脚步一顿，没有贸然上前，私下里找师父麻烦不要紧，但在外人面前对师父不敬，未免有点过分，可是好不容易找过来，就这么回去，他又心有不甘，于是他犹豫了片刻，从荷包里摸出了一片蝉翼。

这鬼东西不必说，自然是李筠做的，一小片蝉翼上有五个孔洞，将孔洞用线扎起来，挂在脖子上，能在一定程度上妨碍别人的五感，隐匿自己的行踪。此物乃是韩渊掏鸟蛋的利器，被严争鸣看见以后义正词严地教训了一顿，随后据为了己有。

当然了，李筠也做不出什么高级东西，这个小玩意功能有限，让人凭空消失、隐身息声是不可能的，不过只要离得够远，佩戴的人又够小心，它多少能管点用。

严争鸣绕到茅屋另一侧，从那四处透风的破院子里翻了进去，躲在茅屋后，打算等着那个叫温雅的滚蛋，再出面和师父理论。他常年练剑，虽然练得稀松二五眼，却也比寻常人手脚灵活，有了李筠这片蝉翼的护持，严争鸣有惊无险，没有惊动两位真人。

他找了个地方坐下，准备好一张找碴的脸，无聊地静待师父送客，就在这时，那两人说话的声音传到了他耳朵里。

温雅道："我去年就算出天降异象，还想是什么事，原来是天妖降世。天妖降世，妖王震怒，再加上群妖哗变，妖谷中想必要血流成海，那天妖尚在卵中，若当时那人没有以一己之力强行平乱，一个浴血而生的天妖，啧，那想必就不单单只是扶摇山的劫难了——对了，那天妖现在何处？孵出来了吗？"

木椿真人淡定地答道："孵出来了，就在你家院里，等会我还得去看看，省得她尿床。"

温雅："……"

下一刻，木椿的声音骤然正色了许多，严争鸣听见他压低了声音问道："我问你，那身怀北冥之力的大魔修究竟是谁，与我派有何瓜葛，为何甘愿以一魂做符，替我们挡劫？"

温雅道："他难道没有告诉你？"

木椿真人没出声，想必是摇了摇头。

温雅叹了口气："你难道猜不出？"

严争鸣的耳朵竖了起来，木椿真人却沉默了更长时间，好半晌，才低声道："我派自祖师创立以来，离经叛道者甚众，历史上算，光是我说得出来历的'北冥君'就有两位，遑论那些个后来隐姓埋名不肯透露师门的了……我怎知他是哪一位？"

温雅道："行吧，你愿意糊涂就糊涂，反正他也不会害你。我看啊，你与其惦记那点残魂，不如好好想想该怎么应付你那故人。"

"故人"两个字，温雅刻意压低了声音，显得阴森又低沉，含着浓重的警告意味，甚至有些恐惧。

严争鸣不由自主地坐直了，探了探头。

"温雅兄，"木椿真人静静地说道，"要是……我这几个孩子，到时候还要麻烦你多加照看。"

要是什么？为什么要这傻大个照顾他们几个？

严争鸣活了十六年都没长出来的敏锐，瞬间全部加在了这一双耳朵上，他甚至忘了自己是在偷听，心里飞快转念，一时间屏住了呼吸。

温雅却低低地冷笑了一声："你得了吧，我不过是个小人物，怎么担当得起？你们扶摇山何等钟灵毓秀，每代必出妖邪，岂是我这种资质寻常的庸常之人能镇得住的？何况你不是还有一个愿意在自己的魂魄上刻符咒替你挡灾的冤大头吗？我看你求我不如去求他。"

木椿真人沉沉地吐出一口气，沉默半晌，大概是看出温雅不想多说，便识趣地同他说起闲话。这些修真的中老年男子们不知活了多大一把年纪，知道上下五百年的东家长西家短，聊起闲话来大有江河万古流的滔滔不绝。

严争鸣险些把腿坐麻了，这才确定自己再听不出什么了，他小心翼翼地站起来，从来路轻手轻脚地溜了回去。

六月天似火炉，他手心却出了一把冰冷的冷汗。

离开师父的茅屋后,严争鸣几乎有点冒失地闯进了程潜屋里，天色不早，程潜已经睡下了，活生生地被严争鸣从被子里拖了出来，一脸山雨欲来地盯着严争鸣，酝酿着要挠花他的脸。

严争鸣却全然没注意别人的脸色，他眉头紧锁，整个人几乎有些魂不守舍，将程潜床头的衣服拿起来，一股脑地扔到床上，肃然道："穿上，跟我走，快点！"

程潜草草披上件外袍，连头也没来得及梳，披头散发地就被严争鸣拽走了，径直去了李筠和韩渊那儿——韩渊不在屋里，自从下了山，他就成了一匹脱缰的马，这会又不知道去哪儿野了。李筠倒是还没睡，仍在油灯下用功，见他二人联袂而来，先是十分诧异，随即，他的目光落在了严争鸣脖子上的蝉翼上，疑惑地问道："大师兄，你这是刚听完谁的墙角吗？"

严争鸣没多扯皮，坐下来将一个瓷杯从里到外地擦了七八遍，心不在焉地将方才在师父那听来的话说了一遍。

李筠和程潜听了，互相对视一眼，李筠就皱了眉，问道："大师兄，你是不是知道点什么？"

李筠其实心很细，只是太贪玩，耽于旁门左道，正经事上不大专心，严争鸣低头盯着杯子里的凉水看了片刻，点了头："不错，我大概知道温老板说的'故人'是谁。"

程潜十分肯定地接道："肯定是个魔修。"

严争鸣一愣："你怎么知道？"

程潜其实早就觉得不对劲——尽管师父时常胡说八道，不同的经文里经常有自相矛盾的东西，但他念的经里，"大道无形""顺乎天理自然”的内容是贯穿始终的。“无形”，自然也就无是非，既然万物殊途同归，那也就没什么正邪。程潜入门这么久，没听见师父说过一句魔修、妖修之类有什么不妥。一提起魔修就皱眉的反而是凡事不上心的大师兄。

程潜想了想，说道：“去年我们在群妖谷，二师兄刚一提到魔修，大师兄你就呵止了他，那时我就觉得……大师兄好像格外排斥魔道。”

严争鸣一摆手道：“我那是怕他随口胡说教坏了你们。”

程潜笑道：“哦，那大师兄每天晨课以身作则地睡觉，怎就不怕教坏我们了？”

严争鸣：“……”

这混账东西还挺会见缝插针！

他白了程潜一眼，缓缓说道：“我八岁那会，有一次不知道因为什么闹了脾气，一气之下离开了家人视线，独自跑了出去，不料刚跑出去就被人绑了。我记得那个人是个男的，样子很英俊，就是脸色不好看，病入膏肓了似的，带着股死气……他将我们带到了一个废弃的破道观里。”

程潜眨眨眼：“你们？”

“我们，”严争鸣一点头，“除了我，还有四五个跟我差不多大的小孩，一个女孩，其他几个都是男孩。绑走我的那人就是个魔修，他先将那女孩杀了，我亲眼看见他掐着她的脖子，却并没有直接将她掐死，而是活生生地将她的三魂七魄从眉心抽了出来，剩下一具皮囊，那个小女孩竟然还会喘气，心也还会跳，足足苟延残喘了七八天才死透了——那是我……我第一次见到死人。”

时隔近十年，严争鸣居然还能说出当时的每一个细节，可见这段记忆已经刻在他脑子里了。

李筠听得呆住了：“魔修杀小孩有什么用？”

严争鸣说道：“他把那个女孩的魂魄投入了一盏灯油很臭的灯里，火苗立刻跳着长了起来，长明不灭，之后是我们，他并不直接杀我们，而是每天取我们的血，浇筑在灯油里。刚开始除了有点恶心也没什么，但是幼童身上没有那么多血，没过几天，就有人撑不住快死了。”

程潜听到这里，越听越觉得耳熟，忍不住脱口道：“难道是噬魂灯……”

李筠好奇地问：“什么？”

严争鸣神色陡然凌厉了起来：“你怎么知道？”

程潜坦然回道：“经楼里看见过，噬魂灯可以炼化魂魄，最低等的就是以童女魂魄为灯芯，以炼化过的尸油并童男鲜血为灯油，烧七七四十九天，就可以将女童魂魄炼化为自己的鬼影，这是魔道中的一种，叫作鬼道。”

严争鸣一把扣住他的手腕，声色俱厉：“程潜，我给你开经楼门，就是让你看怎么给人放血炼魂的？”

程潜才不怕他，理直气壮地说道：“又没说不让看，魔道三千，我只是随便翻了翻而已。”

“行了，”李筠机灵得很，一看话题走向不对，立刻往回拽，“大师兄你接着说，那个杀人的魔修后来怎么样了？难道是师父救的你，所以你才跟他入门的吗？”

严争鸣狠狠地剜了程潜一眼：“确实是师父救的我，但那不是关键……”

他说到这，不由自主地停顿了一下，才说道：“师父和那魔头是认识的，我当时亲耳听见，师父叫他‘师兄’。”

严争鸣此言一出，李筠和程潜都是一愣，李筠几乎没过脑子，脱口道：“那……那不就是师伯？”

话一出口，他就感觉自己是被韩渊附身了，连忙懊丧地捏了捏眉心。

严争鸣正色道：“当然不是，你把门规都就饭吃了吗？例如鬼道、杀戮道这种有伤天理人伦的邪魔外道，一步踏入，便会被逐出师门，永远不能再回来。”

他话音落下，一室静谧。半晌，程潜才回过神来，说道：“也就是说，温老板说的那个‘故人’，可能就是……”

他说到这，不由自主地顿了一下，似乎是不知道该对此人作何称呼，好一会儿，才憋出了一个：“呃……前师伯。”

“除了他还有谁，”严争鸣烦躁地说道，“扶摇山哪来那么多魔修？又不是魔教。”

李筠试探道：“我们这一趟真能遇上那大魔头吗？师兄，你是怎么想的？要不然我们明天去问问师父？”

严争鸣当即摇头否决，师父满嘴跑马，但大多都是废话，只要一碰见正事，他立刻就能变成一只锯嘴葫芦，王八都没有他能憋。严争鸣绝不相信凭他们仨能从师父那里撬来点什么，他沉吟片刻，忽然说道：“倘若真遇上那个大魔头，师父肯定会想方设法甩开我们，你们有没有什么办法在师父想甩开我们的时候，想办法偷偷跟上？”

程潜整日混迹在九层经楼中，闻言脑子里立刻跳出了一大堆相应对策，然而他很快挨个删减了过去，最后发现希望十分渺茫——因为想要追踪师父，首先就是他们中得有人比师父神通广大才行。

“我看没戏，”程潜道，“除非二师兄再变只蛤蟆，在师父身上也蹭上金蛤神水味——但是我怀疑万一遇到大魔，二师兄的指路蛤蟆可能又要装死。”

“别看我，我没办法，”李筠一摊手，“有灵智的东西大敌当前都会怂，不怂必然傻，找人不好用。”

“必须是有灵智，还要不怂的……”严争鸣顺着他的话音思量片刻，“哎，你们说水坑怎么样？”

程潜翻了个白眼——他既没有看出小师妹“有灵智”，也没看出她哪里“不怂”，不过下一刻他就反应了过来，他们没本事追踪师父，难不成还不能想办法在小师妹身上下料吗？自从他们几个将小师妹折腾得一塌糊涂之后，师父就只能亲自将她带在身边了，不管师父要去干什么，小师妹肯定是最后一个见过他的人。

三人商量片刻，找了一根木条，削成极细的薄片，由博览群书的程潜提供方法，严争鸣动手操刀，磕磕绊绊地刻起追踪符咒来。追踪符咒十分初级，程潜还没能涉猎到高级的版本，可惜架不住大师兄手潮，失败了一次又一次。

半宿没有一点成果，严少爷甩着酸痛的手烦了，他正经八百地学符咒都没有这样用心过，忍不住横眉立目地迁怒程潜：“这是什么破玩意，你到底靠不靠谱？”

自己废物，还有脸怪别人，拉不出屎来赖茅坑——程潜将这句不雅的话从嘴里咽了下去，然后把它塞进眼睛里，用分毫毕现的鄙夷将大师兄从头到脚扫视了一遍。

他俩连吵带闹，旁边一个李筠心力交瘁地和稀泥，三人足足折腾到了后半夜，才勉强将木条刻好。

严争鸣将木条交给了哈欠连天的李筠：“我不管了，你想办法给她戴上吧，因为这点屁事，我居然被你们耽搁到现在！”

程潜困得头重脚轻，也无暇同恶人先告状的“严娘娘”打嘴仗，一言不发地站起来，晃晃悠悠地往自己的茅屋走去。刚到门口，正要推门回自己屋，从后面赶上来的严争鸣忽然叫住了他。

“慢着，小潜，我有话跟你说。” 随着严争鸣这一年吃了肥料一样地猛蹿个头，他的声音也渐渐低沉下去，不复少年的清越，只要他不自己咋咋呼呼地瞎叫唤，听起来简直就像个男人了。

程潜鲜少听见他这样正经，揉揉眼，疑惑地转头看他。

叫住他的严争鸣长身玉立于月色之下，平日的浮躁与任性都仿佛被深沉的夜色压了下来，一时间竟有些不像他了。严争鸣迟疑片刻，开口说道：“刚才我少提了一些事，其实……我还听见那个姓温的说了另一句话。”

程潜愣了愣。

“他说扶摇派‘钟灵毓秀’，每代必出妖邪……”严争鸣话音一顿，盯着程潜看了片刻，感觉这眉清目秀的师弟就像根脆弱的竹竿，看起来一掰就断，实际又冷又硬，谁也不知道他空心的肚子里藏了多少心绪，严争鸣微微低下头，轻声说道，“你有分寸的，对吧？”

程潜听了，难得没有挖苦他，也没有回嘴，他听出了严争鸣话里真真切切的慎重，不管师兄是不是杞人忧天，他都感觉得到，说这话是为他好。大师兄平时懒散又骄纵，大部分时间都是师弟们在让着他，程潜极少能从他身上找到兄长的感觉，偶尔一次，便弥足珍贵。

于是程潜沉默地点了个头。

严争鸣轻轻吐出一口气，伸手覆在程潜披散着头发的后脑勺上，轻轻地推着他进了茅草屋。

“那就好，”严争鸣低声说了一句，随即他很快又故态复萌，严厉地指着程潜一身褶的衣服道，“明天记得换件衣服，你不觉得自己穿得像块抹布吗？”

程潜用茅屋门将大师兄拍在了外面。

然而对于程潜来说，这一宿实在是多事之秋，他刚打发了严争鸣，一头栽倒在床上，就又被吵醒了。

比起大师兄直接一脚踹开他的门，把他从被子里拽出来的简单粗暴，韩渊还要更讨厌一点——他仿佛化身成了一只热爱啄木头的鸟，鬼鬼祟祟地在木头窗棂上敲来敲去，敲得程潜心烦意乱。

这一阵子程潜正在强行拓宽经脉，人也开始长个子，经脉与骨头合并成了一股疼，发作起来，他夜里就经常睡不好，好不容易得一夕安寝，接连被吵醒两次，程潜恨不能手持利器，将讨厌鬼大师兄和小师弟一刀一个切成丁。

韩渊不走正门，在程潜面无表情的注视下，他从窗户里爬了进来，毫不客气地一屁股坐在床边："哎，小潜，你猜我刚才看见什么了？"

程潜不猜，仰面往床上一倒，一声不吭地用被子蒙住了头。

"别睡了，快起来，我带你去看个稀奇的。"韩渊扑到程潜身上，双手并用地抢他的被子，"你准没见过，小潜？小潜！"

程潜坚决不肯探出头来见他，隔着被子冲他叫道："你找娘娘去！"

韩渊叫道："我可不敢，他非得把我塞进香炉里烧了不可！"

程潜往床里一滚："那你就去找李筠！"

"找了，"韩渊委屈地说道，"我都快在他耳边放炮了，叫不醒啊。”

程潜：“……”

敢情是他最容易叫醒，而且生起气来最含蓄。

韩渊成功地掀开了他的被子，无视程潜含蓄的愤怒，趴在他耳边小声道：“你见过鬼吗？”

程潜刚要发作，听了这句话，他紧皱的眉尖蓦地动了一下：“什么？”

一炷香的时间以后，程潜跟着韩渊从破客栈里摸了出去。

“镇上这几天有集，我逛得晚了点，”韩渊边走边说道，“因此回来的时候抄了一条近路——这边，你留神脚底下。”

程潜晕头转向地走在韩渊身后，小心翼翼地避过地上的泥泞，想不通他是怎么在这么短的时间就将周围的环境都摸清的，也许这是走南闯北的叫花子们才有的本领。韩渊一路领着他往更偏僻的地方走去，程潜一手拎着自己的木剑，另一只手握着他练符咒的小刀，他不敢相信韩渊，走到哪就用小石子堆一小堆做记号。

冷风一吹，他原本一团糨糊似的脑子开始清醒，这才意识到自己受了大师兄睡前那番关于鬼修的话的影响，一听见“鬼”字，居然就迷迷糊糊地跟着出来了。

大半夜跟个小叫花子出来见鬼,他肯定是被韩渊传染了蠢病。

就在他暗自唾弃自己时，程潜整个人突然打了个寒战。他们俩到了一条小河边，韩渊没有气感，只是以为更深露重，近水处阴冷。但程潜却已经察觉出那股阴冷并不是寻常阴冷，同时，他隐约地闻到了一丝不祥的腥臭。程潜激灵一下，最后一丝睡意也散了个干净。

不会真有什么危险的，他将落在自己肩头的一片树叶摘下来捏在手心里，心里冷静地想道，如果有，方才怎么能任凭韩渊跑回去?

韩渊丝毫没注意到小师兄的紧张，他双手拢在嘴边，放开嗓子叫道："哎，你在哪儿呢？我带我小师兄来了，你出来啊。"

程潜微微一踮脚，一把捂住了韩渊的嘴，咬牙切齿地问道："你招惹了什么东西？"

韩渊："唔唔……唔唔唔……"

他被捂着嘴，挤眉弄眼地望向程潜身后，程潜顺着他的视线一回头，当即一口气险些没上来。只见他身后不知什么时候多了一团飘忽的鬼火，一个脸色青白的男鬼正满脸空茫地站在那里。

程潜一把将韩渊拦在了身后："你是什么人？"

韩渊挣脱了程潜的手，大大咧咧地拍拍他的肩膀："没事，别怕他，刚开始我也被他吓了一跳，后来发现他呆呆的，挺好玩的。”

说着，小叫花子还唯恐天下不乱地弯腰捡起一块石头，在程潜阻止之前，抬手就丢了出去，石头笔直地穿过了那鬼的身体，还在地上弹了两下，男鬼茫然地低头看着小石子，一脸不知今夕何夕的游魂样。

韩渊笑嘻嘻道：“你看吧。”

程潜只想呼他一脸——石子穿过男鬼身体的时候，他清清楚楚地闻到了那股味道，像是臭味，又混杂着某种让人作呕的腥气。用混着童男血的尸油做灯油，点着噬魂灯，便能入鬼道……

韩渊其人，完全是个长腿的噩运，进一次妖谷就赶上了群妖哗变，半夜出去溜达一圈，还能捡到一个鬼道魔修！

一时间，程潜脑子里仿佛有一本完整的《符咒入门》，飞快地从头翻到了尾，突然，一个简短的符咒陡然间进入了他的脑子，是了——最后一章，最后一章提到过刻在叶片上的符咒，需要的力量比刻在木头上的少得多，但大多只能用一次。

书上还讲了两个例子，一个是照明的，另外一个……另一个是干什么用的来着？

程潜狠狠地在自己舌尖上咬了一下，然而下一刻他想起来，那本书他还没看完，没来得及知道第二个符咒是干什么用的。但此时也管不了那么多了，程潜将双手背在身后，手中刀刃抵在了叶片上，目光却没有离开面前的男鬼。刀刃乍一接触叶片，程潜就知道自己莽撞了，尽管只是片叶子，对他来说，也不啻为还没学会站起来的幼童被逼着跑。

笔画不能破，不能断，不能停歇……

周身的气力流水似的被手中刻刀吸走，程潜的脸色肉眼可见地白了下去，五脏六腑都仿佛被抽到了那片要命的叶子上了，那男鬼在前，已经晃晃悠悠地朝他走来了，逼人的尸臭味席卷而至，不知是不是危机激发了他的潜力，程潜有生以来的第一张符咒竟然就这么有惊无险地成了，那一刻，某种极其玄妙的力量透过手中的叶子传递给他，他却已经没心情去感受了。

程潜整个人晃了晃，险些没站稳，全身上下的经脉针扎一样地疼。

韩渊一把抓住他的胳膊："小潜，你怎么了？"

程潜咬牙深吸了两口气，一巴掌甩开他："回去找师父。"

韩渊一愣："什么？"

程潜："走！"

树叶上发出一团幽幽的荧光，不知是不是程潜第一次尝试，做的不得法，那符咒似乎并不完全——它现在一半亮一半不亮。

男鬼的目光落在树叶上，一时间神色居然有了几分清明，那对死气沉沉的眼珠微微动了一下，青白干裂的嘴唇掀动，几不可闻地说道：“清心……清心符……”

程潜脚下一软，差点倒下。他果然不该心存侥幸，一个入门的、刻在树叶上的符咒，能有什么“万箭穿心”“火烧连营”之类的杀招吗？

程潜嘴里发苦，这样看来，还不如刻那个照明的有用呢。

男鬼看着清心符，又情不自禁地往前走了一步，程潜退无可退，只好将身上的木剑拿了出来，他的冷汗浸透了袍子，由于脱力，几乎抖成了筛子，手中剑尖却一动不动地指向对方。

男鬼脚步微顿，好似回过神来，吃力地说道：“我……我不是坏人……”

他好像是八百年没开口说过话了，声音生涩极了，磕磕巴巴的，看起来竟有些可怜。然而程潜对陌生人一向心冷似铁，丝毫不为所动，只对身后的韩渊道：“快滚，回去找师父，别在这碍事！”

韩渊手足无措地看着他小师兄逞强的背影：“小潜，他说他不是……”

程潜忍无可忍道："闭嘴，你就不学无术吧，他是个修鬼道的魔修！"

"魔修"两字成功地镇住了韩渊，他在原地呆了片刻，脸上先是震惊，随后转成一片空白，最后不加掩饰地露出了惊惶恐惧，他大叫一声，转身就跑。

程潜不由自主地将腰挺得更直了些，心里一时不知是什么滋味——韩渊在这他心烦，韩渊听了他的话一跑，他心里又仿佛被人用冰锥捅了一下似的，又冷又疼。还没等他将这不痛快压下去，就听见身后传来磕磕绊绊的脚步声，程潜侧头一看，那小叫花居然又跑回来了。韩渊不但自己跑回来了，还不知从哪里找来了一块大石头，双手举过头顶，做出一副准备给人开瓢的凶狠样子，直眉睖眼地向那男鬼质问道："你……你居然是魔修？"

程潜当即服得五体投地——捡石头有什么用，听说过什么鬼被石头砸死的吗？

"我不是魔修。"出乎意料地，那男鬼竟然回答了，"我……我只是个鬼影……"

"鬼影"就是被活着抽到噬魂灯里炼化的魂魄，炼成后全无神智，只供鬼修差遣。

"我是……逃出来的，不是魔修，"男鬼颠三倒四的话音渐渐流利了起来，他看了看程潜，客客气气地说道，“小兄弟，你能把那张清心符给我吗？”

程潜冷笑道：“胡扯，鬼影都是童女，你是童女吗？”

童女她爹还差不多。

男鬼呆了呆，目光从清心符上挪下来，落到程潜和他手中的木剑上，沉默了好一会儿，仿佛在回忆什么，他脸上的神色显得有点迷茫，良久，才喃喃说道：“木剑……你是扶摇派的高徒，怪不得小小年纪……你不知道，噬魂灯炼化的鬼影，最上为修士元神，次之为修士魂魄，再次才是未经修行的童女，一般以童女为多见，只不过是因为那些女娃子最好抓，魂魄也最容易炼化而已。”

韩渊问道：“那你是什么？”

男鬼脸上露出痛苦的神色，轻声道：“元神。”

说着，他见程潜一脸防备与不信，便弯下腰，捡起了韩渊方才丢过他的石头。

程潜瞳孔一缩，他知道普通的魂魄是不能触碰实物的，这鬼影既然能捡起石头，说明他确实是个元神。

可是……修行中人，要先入门产生气感，多年苦修方可凝神，万中无一者才能修出“元神”，有元神的，无一不是当世大能，恐怕连他师父木椿真人都没有这种修为。程潜僵立了片刻，缓缓放下木剑，他就算再没有自知之明也知道，面对一个元神修士，他毫无挣扎的余地，对方没必要骗他。

“我乃牧岚山唐轸，说起来，与令师还有过一面之缘，”男鬼说着，神情又微微恍惚了一下，“百年前，我被那鬼魔头暗算，元神落入噬魂灯中，幸未被完全炼化，机缘巧合逃了出来，却因百年囚禁失了心智，几乎忘了自己姓甚名谁……幸而小兄弟手中有这一记清心符，你……你能把它借给我吗？”

程潜初入道门，那树叶不过是他第一张成型的符咒，粗陋不堪，对方想要是给他脸面，他想了想，将树叶放在了地上，谨慎地抓着韩渊往后退了几步，男鬼脸上喜色一闪而过，伸手将树叶招到手中，便见那树叶荧光骤强，一瞬间化为一团白光钻入了男鬼身体，他身上那股鬼气森森的血气与臭气顷刻便散去了，脸上青白之色尽去，看着几乎像个真人了。

自称唐轸的男鬼深吸一口气，对程潜与韩渊长揖到地，说道：“大恩不言谢，请代我问候令师，害我的鬼魔头蒋鹏与贵派还有些渊源，请他务必小心。”

说完，他就凭空消失在了空中，仿佛从未存在过。

“什么意思？”等人消失良久，韩渊才莫名其妙地问，“小潜，他说的话是什么意思？”

程潜没回答，眼前一黑，就软软地栽倒在了地上。

韩渊吓了一跳，手忙脚乱地接住他：“小潜，你怎么了？”

程潜脱力，耳畔嗡嗡作响，手脚软绵绵的提不起一点力气，只能任凭四肢发达头脑简单的韩渊笨手笨脚地将他背起来。而那罪魁祸首还背着他边跑边啰唆道:“跟我说句话,小潜？小师兄？”

程潜头晕得几乎要吐出来，手指痉挛般地抓住韩渊的衣服，而后他用尽全力吐出一句话：“回去我一定要告诉师父，韩渊，你死定了。”

第八章

北冥

等到第二天起床，程潜几乎觉得自己快要死过去了，他一睁眼，就看见韩渊紧张兮兮地趴在他床头，那眼神仿佛他已经命不久矣。程潜也不理他，自顾自地爬起来换了身衣服，摇摇晃晃地爬起来洗漱。

韩渊像只闯了祸的大哈巴狗，亦步亦趋地跟在程潜身后，终于等来了程潜冷冷的一句："滚。"

韩渊垮下脸，谄媚地说道："小师兄……"

程潜面似寒霜："不告状了行了吧？快滚！不然我现在就去找师父！"

韩渊闻听此言，再不敢吭声，灰溜溜地贴着墙根跑了。

程潜将脸上的水珠擦干净，心里也有自己的考量——听大师兄的意思，师父已经从温老板那知道那个什么蒋鹏也来了，那么他就不必多此一举了，不然引起师父的警惕，他们几个恐怕没那么容易盯师父的梢。

他一走出自己住的小茅屋，就看见大师兄在那指点江山地表达自己对破客栈伙食的鄙夷，他还堂而皇之地在温雅真人眼皮底下，让道童给他开了小灶。韩渊那小叫花子一宿惊魂也不见长记性，喋喋不休地围着大师兄，想让他出面，带大家一起坐车出去转转。

这穷乡僻壤的鬼地方有什么好逛？何况他的车还被小师妹尿了，大师兄一扭八道弯地表示拒绝，你一言我一语地跟韩渊争辩了起来。程潜浑身难受得很，正气不顺，一早起来看见这些聒噪的师兄弟，立刻找到了地方败火，冷笑着道："你可以让水坑给你洗车。"

说完，他抬手一指，只见水坑小师妹不知什么时候又爬上了大师兄的车，并且生冷不忌地将她昨天尿过的垫子的一角往嘴里塞，一双无知的大眼睛眨来眨去，抬头露出了一个阳光灿烂的笑容，流了一行哈喇子。

程潜："你看，师妹已经用口水给你洗干净了。"

严争鸣有点想和小师妹这孽畜同归于尽。

茅屋是万万没法待的，马车也是万万坐不上去的，此处距扶摇山大概已经有了十万八千里，严争鸣仰头望天，感觉天地之大，竟然没有他容身之地。

这时，师父露了面，一锤定音道："都出去玩去吧，今日没有早课，我们再待半天，下午就上船去青龙岛。"

韩渊欢呼一声，眼巴巴地看着师父："师父，我听说今天又有集市。"

"昨天不是刚给了你一包零钱吗？"木椿真人抠抠索索地从袖子里摸出一个荷包，瞪了韩渊一眼，"省着点，别瞎花。"

韩渊就像个飞出樊笼的鸟人，拿了钱便欢天喜地地去呼朋引伴，大师兄无视他，指使着一干道童去给他找地方，铺上好几层毡子以供补觉，李筠本来也想出去玩，回头看了看程潜，想起自己毫无进展的修为，又痛苦地改变了主意："我去练剑。"

韩渊转向程潜，点头哈腰地讨好他说："小师兄，我带你去买果子吃好不好？"

"带师妹去吧，"程潜不咸不淡地说，"你们俩的志趣比较相投，能玩到一块去。"

程潜绵里藏针，逮谁扎谁，有时候连师父都难以幸免，韩渊早就习惯了，被程潜损了一句，丝毫也没当回事，乐呵呵地一手抱起水坑，撒欢似的跑了。

温雅板着一张讨债脸，看着木椿真人的几个徒弟一哄而散，挨个对他们做出了评价，他指着严争鸣道："缺磨少练，不成器。"

又看着李筠道："心智不坚，不成器。"

提起程潜，他言简意赅，连缘由都没说，只断言道："不成器。"

最后是韩渊，韩渊是唯一一个没有得到"不成器"三个字作为评价的，因为温雅真人十分诧异地问了木椿真人："这个东西是你从哪儿捡来凑数的？"

水坑，鉴于她还是个"无齿之徒"，不大算个人，因此温雅将她忽略了，挨个点评完，温老板高贵冷艳地"哼"了一声，径自拂袖而去了。

当天傍晚，扶摇派一干人等就坐上了去往青龙岛的海船。

求仙问道之人，大抵也都是凡胎肉体，也分三六九等，也有攀比之心。

东海港口上，数十艘大小船只一字排开，其中，有布满雕花与纱帐的大船，也有寒酸得摇一摇就要进水的小舟。

师父这种上不得台面的人，一来就要图便宜，很快盯上了几条小舟，乘坐小舟，一个人才收五文钱，再划算也没有了。这一次，严争鸣终于没有让师父得逞，就在师父踩着小碎步走向码头准备定船的时候，他已经派道童飞奔来去，将最大、最贵、最豪华的一艘大船包下了，并且一马当先，昂首挺胸地上了甲板。

程潜不慌不忙地缀在最后，跟着师父，第一次看见师父对大师兄皱了眉。他乖巧地任由师父领着，问道："师父怎么了？是大师兄太败家了吗？"

"钱财乃身外之物，来而复去，不必太过挂怀，"木椿真人话音一转，又叹道，"只是他不该这么招摇。"

程潜先是一愣，随即立刻敏感地反应过来，目光四下一扫——此时岸边的人都是要赶往青龙岛的，除船工渔人之外，还有不少别的门派。而这些人中，有年轻藏不住心事的，此时已经在打量他们这招摇的一行了。

严争鸣大摇大摆地指挥着道童搬他那一堆奢靡享受的鸡零狗碎，旁若无人的样子全然不像个修行中人，反而像个富家纨绔，整个人有种不谙世事的浪荡无状。不少人对他面露轻蔑，似乎是颇为看不惯，还有几个徘徊在便宜小舟附近的，想必是囊中羞涩，都是一身破衣烂衫，远远地盯着严争鸣看，神色阴沉，似乎是不怀好意。

程潜握着木剑的手紧了紧，突然问道："师父，我什么时候能拿一把真剑？大师兄那样的——我觉得他那破剑法练得还不如我呢。”

木椿真人十分怜爱地低头看了他一眼：“你要剑干什么？”

程潜的目光再次扫过周围那些不善的目光，心里斟酌着这话该怎么说，他对敌意无比敏感，而面对敌意，他只有身怀利器的时候才能安心。他虽然也觉得大师兄是个脑子有坑的骚包，可师父说他不该招摇的话却让程潜觉得刺耳——一个人，难道要活在别人的眼光里、事事顺了别人的意才行吗？

难道因为那些蠢人们的羡慕嫉妒，就要违拗本心收敛性情吗？

凭什么！

但这些偏激的想法是不便说给师父听的，程潜直觉师父肯定不爱听，于是避重就轻地说道：“我看别人都拿着真剑。”

木椿真人笑道：“你练的剑和别人的不一样，真剑容易误伤自己，还是得等你再长大几岁吧。”

船也定下了，招摇也招摇过了，木椿真人只好领着程潜上了船。

这天天气不错，船行千里，风平浪静，连平时影影绰绰不露真容的青龙岛都清晰了起来。水坑有点兴奋过头，可能是海水中的腥气刺激到了她，她没有片刻消停，在师父干瘪的肩膀上爬上爬下，把师父的头发抓成了一团鸟窝。

同行者甚众，从甲板上望去，旁边一条船上坐了一船不知哪门哪派的剑修，正在互相切磋。另一条船周围飞着几个御剑而行的老头，大概是在为本门后辈保驾护航，途中可能是嫌船走得慢，一个御剑的老头双臂一举，巨大的袍袖迎风而起，鼓起了两袖海风，海上风浪顿起，他们那艘船后面好像有一只看不见的手推着，一阵风似的破浪而去，旁边几艘小舟几乎被它掀翻。

那群剑修的船也险些翻了，一个长辈模样的中年男子越众而出，手提一柄重剑站在了船头，将那剑往身侧一竖，不知运了个什么功法，将脸都憋红了，好歹没让半大不小的船当场翻覆。而扶摇派虽然没人坐镇，却胜在船大，只是微微晃了晃，在巨浪中起伏片刻，溅了些海水而已。

这样一来，程潜发现周围几条狼狈的小船上的人看他们的眼神更不对了。

他抓着自己的木剑，面无表情地站在船舷上冷眼旁观，只觉得修行中人一点也不像扶摇山那么清静无为，也有仗势欺人的，而被欺负的不但不去恨那些始作俑者，反而要来嫉恨躲过一劫的。

程潜突然觉得没什么意思，也不想看大能们腾云驾雾了，他胸中那颗自矜自傲又自视甚高的心开始作祟，感觉和这些人齐舟并进，真是不怎么长脸。因此他眼不见心不烦地转身回到船舱中，在一片风雨飘摇的摇晃里雷打不动地找了个地方，拿起符咒和刻刀，开始做他超额的功课，恨不能第二天就把自己修成个大能。

除了典籍和符咒，程潜还从经楼里带出了一本剑谱，叫作海潮剑法，海潮剑法的剑意与这次东海之行不谋而合。他的扶摇木剑第二式已经练完了，刚刚开始学第三式，进度基本赶上了李筠——他练得这样快，是因为他是所有弟子中，唯一一个因为练剑被木剑生生磨破了手的。

与扶摇木剑相比，其他的剑法都仿佛平铺直叙很多，远没有那些让人眼花缭乱的变化。就在他将海潮剑练了几遍，开始有点领悟的时候，李筠突然闯了进来。

"小潜！"他上气不接下气地推开他的门，"你躲在这干什么？快跟我上去，出事了！"

程潜一惊，随着李筠跑到了甲板上，一冒头就险些被咸臭的腥气熏个跟头，随即他看见了天上的异状——方才还晴空万里的天空此时已经乌云密布，鬼影幢幢的黑云铺展，一直罗列到目力难及的地方，遮住了一点仅存的天光。海上所有船都停了，方才那些在天上大蛾子一样招摇而过的前辈们也纷纷落了下来，一个个脚踏实地地踩在各自船的甲板上，满脸如临大敌，众多后辈们不明所以，也跟着一起看天，瞠目结舌的样子仿佛是在集体等着天降红雨。

李筠坐立不安，来回走动，同时几不可闻地开口问程潜道：“是师兄说的那个人吗？那个魔修——他要干什么？”

程潜想起唐轸，便回道：“可能是趁着仙市人多，打算抓几个修士的魂魄回去炼。”

李筠惊恐地扭头看着他。

“看什么，抓也挑那几个会在天上飞的抓，轮不到你，放心。”程潜一边说，一边环顾四周，“师父去哪儿了？”

这时，远方传来一声凄厉的鹰唳，而后，天地间开始回响起诡异的笑声，声音中有男有女、有老有少，七嘴八舌，各笑各的，混成了一段让人汗毛倒竖的和声。那笑声先是低沉琐碎，而后逐渐尖锐起来，高到了声嘶力竭的地步，成了鬼哭狼嚎。

李筠双手捂住耳朵：“这是什么？”

周遭一片混乱，程潜胸口一闷，不知从哪里冒出来的严争鸣一把抓住他的肩膀，熟悉的兰花香呛了程潜一脸。

严争鸣怒道：“你们两个出来干什么？快进船舱去！”

程潜找了一圈也没看见木椿真人，心里有点慌了，拉住严争鸣的袖子问道：“大师兄，师父呢？”

“不知道，我也在找，”严争鸣面沉似水，“你别在外面碍事，快进去……”

令人头皮发麻的笑声很快响得盖过了他的话音，李筠最懂趋利避害，早已经从善如流地进了船舱，程潜却没有那么好摆布，严争鸣此时无暇与他讲道理，只好连推带搡，用蛮力将他也塞进了船舱。

船舱里早已经点了防风防晃的风灯，韩渊正惴惴不安地躲在里面。程潜一看见他心里就是一沉——他看见水坑正坐在韩渊怀里。

他们做的追踪符被李筠用彩绸缠了一根彩带，系在水坑腰间，本想着师父不到最后关头不会留下小师妹，没想到那符咒才刚上水坑的身，师父就不见了。严争鸣最后进来，脸色难看至极，苍白得发了青，急喘了几口气后，他腾出一只手捂住了嘴，后背抵在门梁上，像是努力抑制干呕的欲望。

韩渊道：“大师兄，你没事吧？”

严争鸣没理会，低声道：“我闻过这股味，噬魂灯一点起来就是这股臭味。”

一直靠在窗口的李筠低声道："嘘，看天上。"

程潜抬眼望去，只见黑压压的天空不知什么时候多了许多模模糊糊的人影。那些人个个衣衫褴褛，看不见长相，飘荡在空中，足有成千上万人，将这东海弄得好像奈何桥渡口。

都是鬼影……

可怎么会有这么多鬼影？这个鬼道魔修是有多厉害？

黑云在空中翻滚，暗流在水中起伏，方才牛气冲天的大小修仙门派们见了此情此景，全都好似遭遇了狼群的黄羊，严阵以待中是显而易见的色厉内荏。空中一声炸雷"咔啦"一下劈开了半个人间，一团浓墨重彩的黑气如苍龙入海，从空中划过，众人这才看清，原来有一人正斜坐在黑云之上。

那人身披灰袍，脸上带着身患绝症似的憔悴灰败，眼皮低垂，像个厉鬼，睥睨着云下众生。程潜瞥见严争鸣手背的青筋都跳了出来，来人身份不言而喻！

程潜心里跳出了无数的难以置信，他怀疑大师兄的耳朵出了什么毛病，师父真的叫过这人师兄吗？他无论如何也无法想象，这人竟也是鸡飞狗跳的扶摇山出品。得是什么样的师父，才能教出这样两个天差地别的徒弟来？

前辈仙人们比程潜想象中还要惜命，无人敢挡那魔头的冲天戾气，不知四下暗自扯皮推诿多久，才有一人被推了出来打破僵局。只见隔壁船上一名白须老者越众而出，用手中拐杖轻轻地敲着甲板，磨蹭了半晌，才客客气气地说道：“我等正要前往青龙岛，赴十年仙市之约，不知蒋道友挡在此处是何用意呢？”

他客气得近乎谄媚，然而那大魔头不怎么买账。

“仙市十年一次大集，多少后辈才俊崭露头角，真是热闹。”云上如痨病鬼一般的蒋鹏开了口，他的声音轻而柔，字字粘连，听着却让人浑身发冷，总觉得他下一刻便要口吐獠牙。

蒋鹏顿了顿，又斯斯文文地笑道：“我不过是来凑个热闹，顺便看看有没有能栽培的好苗子，以诸君的资质，不必这样紧张。”

这是程潜第一次见到鬼修，和墙上看见的寥寥数语感受完全不同，他心里几乎是震撼的。他原以为魔修虽然为正道不容，但能呼风唤雨，别有一番厉害的不羁之道，谁知竟会是这么一副人不人鬼不鬼的形象。倘若这就是鬼修，就算他手段通天、活成个千年王八万年龟，又能长什么脸？谁会佩服他？谁会和他好？谁会拿他当回事？

白须老人被不软不硬地刺了一下，脸皮微微抽动，愣是没憋出什么话来。

双方几乎在风雨飘摇的海面上僵持住了——由于对方只有一

个人，此时哪怕沉默也是相当尴尬的。

程潜不由自主地按住腰间木剑，心道：我要有他们那样的剑，他们那样的本事，就上前让他滚一边去。

其实他现在就有这样的冲动，只不过程潜冲动的同时，也很清楚，别说过去和大魔头打一架，他现在连大师兄仗着个子高按在他肩膀上的手都挣不开。

就在这时，海上各大仙门中，终于出了个敢开口的，只听一个人突兀地打破沉寂，喝道："邪魔外道，滚！"

只这一句话，便将所有人的目光都吸引了过去，程潜猛一错身，从严争鸣手里挣脱了出去，胆大包天地将自己上半身都探了出去，趴在窗户上，想看清说话的人是谁。喊话的是个女人，看起来二三十岁，十分年轻，不过山中无日月，修行者随心，看着年轻，算来也许有几百岁了。

她相貌平平，生得细眼宽腮，有几分不甚英俊的男相，站在五文钱渡一人的小舟上，穿着一身半新不旧的道袍，袖口还有补丁，身后背着破破烂烂的包裹并一把剑，连剑鞘上也锈迹斑斑，想必多少有些囊中羞涩，整个人堪称灰头土脸。

程潜耳朵很尖，听见旁边船上的剑修弟子们窃窃私语。

"那是谁？不要命了吗？"

“嘘——那是牧岚山的唐晚秋真人。”

“什么？她就是……是那个唐晚秋？那个练‘疯子’剑的……”

“她怎么也在这？”

“唉……不过区区一个……真是自不量力。”

程潜在一片噪声中听见了“牧岚山”三个字，心道：她也姓唐？和那个男鬼唐轸有什么关系？

不容他细想，唐晚秋话音方落，空中那一大群无悲无喜的鬼影便一同转向了她，黑云翻涌起无尽的戾气，恶意腾腾，船夫吓得将自己缩成了一团，只恨不能投海。蒋鹏扫了唐晚秋一眼，没将她放在眼里，突然嘬唇作哨，一声尖鸣如刺，刺进了所有人耳中，程潜只觉耳边一片轰鸣，有那么一时片刻，他几乎怀疑自己聋了。

紧接着，所有鬼影凝成了一团黑龙，扑向了破船上的麻衣道姑，船夫仓皇跳了海，还没游出两尺，一只鬼影就抓住了他的脚踝，一口咬了上去。船夫惨叫一声，眼看要给厉鬼咬成铁拐李，一道雪亮的剑光蓦地袭来，将那鬼影来了个头颈分离。

唐晚秋的剑看起来灰扑扑的，内里却极清亮，剑光晃眼，只见这灰头土脸的女人在破船头上站定，执剑而立，成千上万条鬼影将她孤身一人卷在其中，她竟凛然不退。再亮的剑光在这样厚重的黑雾中也只能时隐时现，刺耳的鬼哭诡笑混杂着涛声，唐晚秋几乎是顷刻间就不见了踪影，只间或露出一点狼狈的行踪。

她好像不在乎其他人为求自保作壁上观，脸上那过于突兀的下颌棱角坚定极了，整个人站成了一个活生生的冷嘲热讽。

程潜看得眼睛眨也不眨，可他很快发现，唐晚秋剑光上下翻飞，看似威风凛凛，实际已经快要穷途末路。那魔修本尊却始终跷着腿坐在云上，他手下鬼影一波未平一波又起，源源不断地在空中集结汇聚，再源源不断地向唐晚秋扑过去。

程潜皱皱眉，感觉唐真人可能斗不过那大魔头。没有什么邪不胜正的道理，大魔头厉害就是厉害，她骨头再硬，也不过一具血肉之躯。突然，鬼影中传出一声巨响，只见唐晚秋脚踩的船不堪重负，竟生生裂成了两半，唐真人堪堪踩住自己的剑，御剑而起，很快又被群鬼压了下去，一时间险象环生。

有人惊呼，却没人帮她。

就在这时，一支羽箭在空中凝成了一道残影，将缠在唐真人身上的黑雾一箭洞穿，尾羽破空时发出了一声嘶哑的尖唳，群鬼未及惊慌，已经退散，羽箭却去势不减，直冲云上那魔修飞去。

程潜猛一扭头，震惊地看见了他家师父。

木椿真人不知什么时候离开了大船，正站在另一艘破破烂烂的小船上，船夫与原先的乘客早不知躲到什么地方去了，木椿真人浑身湿透，微驼的背与骨架似的消瘦无法遁形，像一只瑟缩着掉毛的老家禽。

与他站在一起，连那穷困潦倒的唐晚秋都体面了不少。

程潜一眼看见木椿真人，想也不想便推开李筠，径直跑出了船舱。他看见师父手里拿着一套普通的弓箭，指甲中还有木屑，似乎是临时在弓上刻了个符咒。那石破天惊的一箭仿佛耗尽了他全身的力量，木椿真人露出了几分颓然，他以长弓撑着自己，在摇摇欲坠的小船上勉强站立，像一片秋风中瑟瑟发抖的干瘪树叶。

魔修蒋鹏被那一箭逼得翻身从黑云中滚落，悬在半空，冷冷地盯着船上的木椿真人。

木椿真人的嘴角抽动了一下，低声道："蒋鹏。"

"韩木椿。"蒋鹏一字一顿地说道，"你好，很好，韩木椿，剩下半人不鬼的半个人，竟还敢替人出头。"

木椿真人慢慢地挺直了他那好像已经佝偻了一万年的腰，不躲不避地对上大魔头的目光，片刻，他的山羊胡子一翘，露出了一个有点猥琐，又有点揶揄的笑容，坦然回道："不才。"

蒋鹏振袖一挥，霎时间，诸天的鬼影消失殆尽，他阴恻恻地说道："好，一个是自不量力的蝼蚁，一个是似人非人的废物，刚好收入我魂灯之中，送我去问鼎北冥！"

海涛巨浪迭起，暗沉的海水深处沸腾了似的翻滚起来，片刻，竟有海水凝成的巨龙咆哮而出，暴虐的长尾一扫，海面上顿时一阵人仰马翻。木椿真人叹了口气，若有所感，回头看了不远处的程潜一眼，朝他笑了笑，随即抽出了腰间可笑的木剑，就在这时，他的胳膊突然被一股无形的力量束缚住了。

木椿真人一愣，听见一个声音在他耳边说道："你别动，我来对付他。"

木椿真人还来不及反应，袍袖中一枚古旧的铜钱自己滚了出来。那铜钱落地，上面竟浮起了一层白烟，转瞬融入漫天的水汽中。木椿真人好像呆住了，眼看肆虐的水龙张开大嘴，正要向一艘大船咬下，突然不知怎么僵在了空中，片刻后，它竟悄无声息地变回了水，颓然坠入水中，惊起大浪连绵。

蒋鹏整个人一震，退后几步，森然道："谁？"

海上水雾散尽，一团黑影不慌不忙地从四面八方集结而来，最后在方才水龙出没的地方凝成人形，来人低低笑了一声："何人在本座面前口出狂言，说要问鼎北冥啊？"

海上一片鸦雀无声。

对于扶摇派的师兄弟四人来说，这突然冒出来的黑影十分熟悉，正是当年带他们闯群妖谷的那位。只不过上一次在妖谷中，这位随和得很，虽然总是随口糊弄小孩，但被当面拆穿也不见生气，可见脾气不错。

这一次在海上，他却仿佛换了个人，周身黑气缭绕，翻涌着暴虐的戾气，叫人脊背生寒。

那蒋鹏脸色一变，从云端纵身跳下来，不偏不倚地落在了那艘拉了一帮剑修的船上。说时迟那时快，只见方才还剑光凛凛、你来我往的剑修们非常识时务，下饺子似的自觉跳进了海里，周围一片水花乱溅，好不壮观。

两大魔头落下，海面上山雨欲来，风浪大作，严争鸣脚下一个踉跄，险些没站稳。好在他那船贵有贵的道理，船体周围刻满了大家符咒，尚能有效地抵挡一阵，然而等他好不容易艰难地站稳，严争鸣心里便是一沉——海上没有符咒的小船翻了大半，师父还在一艘破船上！

严争鸣扭头对跟来的道童说道："我行李里有一个'千里眼'，拿过来给我……程潜，你他娘的又要干什么，给我滚下来！"

程潜已经爬上了桅杆，正悍不畏死地登高远眺，严争鸣抬头一看，被他吓得一个趔趄，立刻挽起袖子，仗着腿长一步跨上去，一抬手勾住程潜的腰，亲自将他拎了下来。程潜一心一意地搜寻木椿真人，还没搜寻出眉目，便骤然被人如抓鸡仔似的双脚离地给兜了下来，立刻挣扎了起来：“你干什么？”

严争鸣一手抱着他，冲着他的耳朵吼道：“你干什么？！”

程潜：“我要找师父！”

严争鸣：“我看你是要找死！”

严争鸣三下五除二把程潜揉成一团，瞥见匆匆出来找程潜的雪青，忙喊道：“那个……那个你，叫什么来着？快过来，给我看好这小子，别让他……”

“别让他”后面的话没来得及出口，大船的船体就又一次剧震了起来，那位不知名的北冥君和蒋鹏招呼也不打地动起手来！

一个是能将唐轸那样的元神也收进噬魂灯的魔修大能，一个是万魔之宗的北冥君，这两位动起手来，简直是翻江倒海，搅得海上众生如随风逐浪的蝼蚁一般。

水龙再次出水长吟，纵然是扶摇派坐的船大得绝无仅有，此时也撑不住了，往一侧倾倒，严争鸣来不及将程潜交给雪青，在摔倒之前，他长臂一拢，将还是少年身量的师弟牢牢护在怀里，后背重重撞在一边的船舱上，船体上的符咒发出了近乎疯狂的“嗡嗡”声，严争鸣一阵头晕眼花，吼道：“我早就说不应该出门！”

程潜艰难地挣动着：“你卡着我肋骨了。”

严争鸣手脚并用地爬了起来，回手将程潜塞进船舱：“你要是再矮几寸，我就卡着你脖子了，萝卜一个，捣什么乱，快进去！”

大船上的防护咒全开，风雨飘摇中成了一团岌岌可危又坚强无比的风灯，经此一役，恐怕师父再也无法纠正严少爷“便宜没好货，好货不便宜”的信念了。

严争鸣扶稳桅杆，扫了一眼战局。凭他的眼力，当然是什么都看不清的，但他想起自己从温老板那里听来的只言片语，仔细琢磨片刻，感觉这位北冥君好像也应该是自家门派的某位前辈，现在看来，这位前辈虽然身堕魔道，堕得还很有出息，心却是向着门派的，上次为了保扶摇山太平，甚至将自己一魂镇在了妖谷中。想起那一出，严争鸣忽然又有点担心，三魂少一魂，那么在他们面前的这个黑影此时恐怕只是个不完整的元神，鬼道又恰好是元神和魂魄的克星，就算是北冥君亲临，会不会吃亏？

不过下一刻，严争鸣又觉得自己是咸吃萝卜淡操心，两个魔头打架，管他谁吃亏呢，他将自己表情整肃一番，准备回头将程潜训一顿，然而这一回头，严争鸣就震惊地发现，自己仅仅走了一刹那的神，程潜那小崽子居然不见了！

同时失踪的还有水坑。

严争鸣一口气没上来，肚子里搅起了满腹的心惊胆战，他慌忙令人四下寻找，唯恐这两个小崽子被魔修的鬼影抓走，或者混乱中掉进水里。

“少爷，三师叔他们在那呢！”

严争鸣跌跌撞撞地跑过去，顺着那道童的手指一看，只见木椿真人的小船在风浪中岌岌可危，一会露头一会隐没，程潜和水坑居然也神不知鬼不觉地跑到了那破船上！师妹水坑后背上的翅膀还没来得及收起来，不用想也知道他俩是怎么换船的。

此刻，两大魔头正在空中对峙，在这么肃杀的场合下，严争鸣实在不便扒在船舷上冲程潜大喊大叫，只能狠狠地瞪着他，那不知死活的小崽子站在四面漏水的小舟上，居然还颇为淡定地对他挥了挥手，严争鸣忍不住一阵胃疼。他发现程潜身上有一股将生死置之度外的骄狂气，管你是天塌还是地陷，他眼里就那么几个人，就那么几件事，哪怕两个大魔头将天捅个窟窿，他也能不当回事地只顾着找师父。

木椿真人被突然飞过来的两个徒弟吓得五脏六腑翻了个跟头，差点忘了怎么发火，还不等他发话，程潜便拉住了他的袖子：“师父，你没事吧！”

水坑附和道：“啊啊！”

木椿真人眼皮直跳，一方面很是手痒，恨不能将这两个小崽子一人暴揍一顿，一方面又被程潜那一句话问得心里又酸又软，愣是没舍得下手打。

这时，空中传来一声尖鸣，只见那蒋鹏身体近乎透明，如墨的黑气起伏翻涌在他周身，远远看去，像是一团乌黑的火焰，蒋鹏是那火焰的芯。

木椿真人喃喃道："以身为灯……他是彻底疯了吗？"

接着，木椿真人脸色一变，猛地将手中木剑插进小舟甲板上，同时，两侧的海水平地升起，形成了一圈水膜，将师徒三个包围在其中。水膜刚一成型，便听见惨叫声骤起，万鬼同哭的凄厉怨气直冲九霄，天上乌云骤然凝结，隐约似有惊雷闪现。那天幕如盖，黑雾蔽日，北冥君仿佛万丈凌霄一飞鸟，杳然浪去便会无踪般得不值一提。

漫天鬼影愈是猖獗，北冥君就显得愈是单薄，他脚下碧海潮生，竖在半空，仿佛已经成了天地间最最桀骜的一根刺。

程潜望着那背影，刹那间有一句话福至心灵——虽千万人，吾往矣。

可以炼化元神的大魔与穷困潦倒的丑道姑，万丈的水龙与三尺无锋木剑，九霄惊雷与北冥一残魂……唐晚秋雪亮的剑光，师父指尖残留的木屑，还有一面之缘的北冥君孤绝的背影，一时间，他们全都从程潜眼前闪过，有什么东西从他尚未长成的经脉中灌入，他周身突然一阵剧痛。

木椿真人一把接住突然栽倒的程潜，没料到他居然会在这种情况下第一次入定，也不知他这小弟子是胆大包天，还是将来注定要走一条险中歧路。可是在此地入定却大大不妥，这一片海域仙山林立，本就是个魔性的地方，过于充裕的灵气会被程潜一股脑地全吸进去，好比往小河沟里注一个大洋的海水，他那细弱幼小的经脉非得被冲垮了不可。

水坑被吓得没了声音，呆呆地看着突然疼得蜷缩起来的三师兄。

而空中，群魔仍在乱舞。

蒋鹏整个人已经看不见了，他变成了一个巨大的噬魂灯，众多鬼影如杨柳飘絮，被那不祥的火光卷了进去，北冥君身上黑雾几乎散尽，然而还不等别人看清他的面目，他便突然逆流而上，直朝噬魂灯冲了过去。

他这边如流萤逐火似的一扑，水坑却好似被什么东西卷了起来，无风自动地飘了起来，成了个胖乎乎的风筝。

木椿真人一手抱着程潜，一手勾住了水坑，拖家带口，好生手忙脚乱。

这时，木椿真人瞥见那小胖妞身上多了一条来历不明的“腰带”，可她连腰都没有，哪里来的腰带？木椿真人一把抓住了那花里胡哨的彩绸，将其拽了下来，手腕一抖，彩绸中便掉出了一片木头符咒，正是程潜指点着严争鸣刻的那个“追踪符”。

程潜自己是个“一瓶子不满半瓶子晃”的初学者，符咒中各种禁忌与门道十窍通了九窍，严争鸣又是个不折不扣的二把刀，这两位通力合作，制作的符咒堪称狗屁不通，木椿真人一眼扫过去，竟没能看出这究竟是个什么玩意。可是四不像不要紧，最多浪费一块木头，要命的是，这符咒竟歪打正着地“活了”！

就在北冥君与噬魂灯狭路相逢时，这枚乱七八糟的符咒骤然爆发出了一阵强光，自星火而起，势不可挡地迅速蔓延，腾空直上，同第一道落下的惊雷撞在了一起，一时间，千目齐盲，人间白了一片。

等那白光散去时，北冥君和蒋鹏都不见了踪影，木椿真人和他的两个小弟子也消失不见了，沧海茫茫，只剩下一堆翻船残骸，与一截碎成了破布的彩绸。

程潜不知挨了多久千刀万剐般的剧痛，就在他感觉自己快要死了的时候，周身蓦地一轻，隐约间好像有哭声，接着，他听见一个人低声哄道：“嘘——别吵。”

小女孩的哭声渐低，周遭一切渐渐离程潜而去，他先开始感觉不到自己的四肢，继而感觉不到自己，好像沉入了某个不知名的地方，沉浮不知多久，程潜才醒过来，居然是前所未有的身心舒畅，连日来的疲惫与暗伤全都烟消云散。他缓缓地吐出一口气，睁开眼，却发现自己到了一个不认识的地方。

这里似乎是一个山谷，谷中有一棵大得不可思议的树，地面拢起的树根都足有数尺高，树下靠着一具经年日久的尸骨。尸骨旁边有个胖丫头，是他小师妹水坑，还有一个陌生男子，男人脚下有一只身体细长的黄鼠狼，静静地卧着，也不知是死是活。

程潜看清那男子的相貌，不由怔住——他曾在经楼第二层看见过的半张画像，不过纸上一点笔墨，便已经染就了绝代风华，叫他看了一眼便记忆深刻——此时，那画中人竟活生生地站在他面前。

程潜呆呆地问道：“前辈，你是谁？”

水坑也好奇地看着这个“陌生人”，她作为人的那一半不认识面前的人，属于妖的那一半却又觉得对方十分熟悉，不由自主地便踮起脚，捏住了对方的衣角。程潜吓了一跳，正要将她叫回来，那“陌生人”却转向他，微微一笑说道：“一闭眼再一睁眼，连你师父也不认得了，小白眼狼。”

程潜本来就腿麻，听了这陌生人熟悉的声音，当即一屁股又坐了回去。

这语气、这声音，乃至说话时的神态和眼神……

“师父”两个字教了无数次，水坑是听得懂的，她吃惊地“呀”了一声，歪了歪头，好像有了点眉目似的，呆头呆脑地做出了一副思考的模样，流着一串亮晶晶的哈喇子。那长衣广袖的俊美男子叹了口气，老妈子似的弯下腰，仔细擦了她的口水，絮絮叨叨地抱怨道：“小脏猴，也就是你师父我不嫌你，要是换了你大师兄在这儿，迟早得把你一锅炖了。”

水坑是个半妖幼儿，理智还没有发育出来，判断偏重于感觉，很快找回了亲切感，转眼忘了师父换脸前的模样，开开心心地认了眼前这人，她“啊呜”一声，用自己满是涕泪的脸糊了男人干干净净的前襟。

程潜却感觉自己和做梦一样，心里有一千个疑惑此起彼伏，不知道该从何问起，只能仓促中挑了个最当务之急的：“师父，你……真是我师父吗？这是什么地方？你……你怎么变成这样了？”

改头换面的木椿真人将已经断成两截的小木条摸出来，丢到程潜身上，没好气地说道："你还敢问我？你们几个刻了个什么东西？"

程潜一眼认出了他们师兄弟三人半宿的成果，讷讷道："这……这是个追踪符。"

木椿真人叹道："就你们这样的棒槌也敢乱刻没见过的符咒，真是胆肥得能下酒了。你这追踪符中错了不止一笔，变成了一个半成不成的追魂符，本来也没什么用，没想到被噬魂灯与万魔之宗的元神强行激发，眼下它循着北冥君的元神，追到了北冥君的埋骨之地。"

程潜的目光随着他的话落在旁边的骸骨身上。

那骨头是北冥君的？北冥君已经死了？

程潜心思急转，试探着问道："师父，你是认识他的吗？"

木椿真人露出了一个苦笑："托你们几个的福，我也是才认出来。"

说着，他从袖口摸出了另一枚铜钱，说道："当年温雅兄给了我三枚铜钱，如今只剩下这一枚了。"

他的指尖在锈迹斑斑的铜钱映衬下，白得有些晃眼，程潜觉得自己还是习惯他两撇山羊胡的猥琐形象——眼前这俊美逼人的男子，有种难以靠近的距离感，仿佛下一刻就要回到画像中去。

木椿真人的指尖在铜钱上轻轻一弹，“叮”一声，一团雾气从铜钱上钻了出来，原地落成了一个与方才那位如出一辙的北冥君。

北冥君没有吭声，木椿真人也没有吭声，这一人一魂面面相觑片刻，木椿真人抱起水坑，缓缓地跪了下去：“师父。”

程潜：“……”

一年多以前，程潜第一次踏足扶摇山，还有眼不识泰山地认为这是一个没爹没娘的家禽门派——可不是么，民间那么多话本，游侠散修之流姑且不提，但凡能称为“门派”的，哪个门派里不得有一帮三姑二大爷，整日里争强好胜，互相钩心斗角？一个掌门带着几个乳臭未干的毛孩子弟子，乡间少年掏鸟蛋打群架的组织都要比这个庞大，算什么门派？

可下山不过月余，程潜就发现门派不单有师伯，还有个“师祖”，二者都是叫人闻风丧胆的大魔头，适才在海上干了场大架，将一群高来高去的仙人前辈吓得屁滚尿流。同是一门所出，对比着翻江倒海如等闲的师伯，还有这八荒六合第一魔头的师祖，再看看自家师父“活到赛神仙”的熊样，程潜的感受有些一言难尽。

他心道：难不成我们扶摇派，就是在向世人阐释何为“道高一尺，魔高一丈”？

被一语道破身份，北冥君微微叹了口气，随着他一身的黑雾渐渐散尽，露出了下面掩藏许久的真容。

他既没有仙风道骨，也没有青面獠牙，总体而言，是个人样。脸上的眼窝微陷，给他平添了一点英俊，而除此以外，这位传说中的万魔之宗，就只是个衣着朴素的中年男子，他两鬓略染霜色，中间夹一张更苍白的脸——还是个憔悴落魄的中年男子。

北冥君双手拢在袖子里，站在自己孤苦伶仃的尸骨近前，摆了摆手，说道：“起来吧，小椿，我活着的时候也没见你跪过我，现在装什么样子呢？”

木椿真人从善如流地站了起来，将水坑放下，让她去找程潜，语气很随意地说道：“上坟嘛，不比平常，跪一跪先人，也是应该的。”

程潜茫然地接住扑到他怀里的水坑，发现“没大没小”和“不尊师长”恐怕也是扶摇派的传统。

“我一直以为你身毁形灭，元神投胎去了，还一度将小潜错认成你的转世，毕竟他那生辰八字都对得上，混账脾气也颇有你当年遗风，可没想到你居然……居然并未离世，反而附在了三枚铜钱上。”木椿真人说到这里，顿了顿，话音一转，他问道，“师父，你既然附身，为什么要附得这样穷酸？哪怕找不到金元宝，好歹也找块银锭子不行吗？”

北冥君在黑雾罩身、犹抱琵琶半遮面的时候，将万魔之宗的气度发挥了个十成十，够得上叫人顶礼膜拜的规格，此刻坦诚相见，其人却并没有什么威严气度，当他看着木椿真人的时候，好似还带着韩木椿平时看严争鸣时那种颇为发愁的神色。

北冥君很发愁地说道：“少废话，附在金银上，为师早被你花出去解燃眉之急了。”

木椿真人笑道：“师父有所不知，我门派现已然是今非昔比了，早就不像当年你当掌门时那样穷酸了。”

北冥君神色不动地挖苦了他一句：“可不是，你出息越发大了，给自己拜了个财神徒弟。”

这两位阴阳两隔了多年的人你来我往，没几句好话，一起住了嘴，相视片刻，他俩在程潜的莫名其妙中同时笑出了声。程潜抱着水坑，和双目凹陷的尸骨大眼瞪小眼，既没听明白长辈们话中玄机，也不知道他们为什么发笑。

木椿真人又道：“你一魂散在群妖谷，一魂散于噬魂灯，现在就剩下这最后一魂了，元神久留人间，又无物依托，就算是北冥君，也得落个形神俱灭吧？”

北冥君笑道：“死不死的，不打紧。”

木椿真人：“蒋鹏师兄呢？”

北冥君微微敛目，答道：“没有完全灰飞烟灭，我以一魂之力撞碎了噬魂灯中魂火，算是重创了他。不过你师兄这是以身饲虎，将自己与噬魂灯炼成了一体，魂魄也成了那鬼灯的精魄，从此不再入轮回，也算不得人了，你可以当他死了。”

木椿真人问道：“他认出你了吗？”

这一次，北冥君笑而不语。韩木椿却明白了他的意思：认得出怎样，认不出又怎样，事到如今，还有什么分别吗？

北冥君转向程潜，颇为慈祥地叫道：“孩子，我这可是第三次见你了，过来。”

程潜往前走了几步，却并没有依言上前，只是默不作声地停在了木椿真人手边，不冷不热地对北冥君行了个晚辈礼。由于不知道应该称呼什么，他没有贸然开口。尽管师父和北冥君三言两语间看起来很亲近，但程潜天性敏感，直觉不是那么回事——如果师父和师祖的关系像看起来的那样融洽，为什么这么多年，师父从没有提过师祖一句，而且没有来给他收尸？

北冥君低下头，耐心地问道：“你在腥风血雨里也敢岿然入定，是个胆大包天的小东西，当时可是悟到了什么？”

程潜迟疑了一下，客客气气地答道：“受前辈与唐真人点化，弟子学到了列位前辈一点‘无惧于天，无惧于地，无惧于人’的气度。”

北冥君听了，百感交集地盯着程潜打量了一会，低声道：“好孩子，我扶摇派断绝的血脉又续上了。”

程潜听了这句话，陡然一怔。

一瞬间，他想起了师父前后不一的面貌，想起方才那只似乎已经死了的黄鼠狼，想起鬼道蒋鹏那句“半人非人”……种种前因后果飞快地串联，程潜忽然听出了这句饱含深意的话中的弦外之音。

他猛地扭过头去，难以置信地望着自己那突然之间变得貌美如花的师父。

木椿真人抬手放在他的头顶上，叹道：“你的心眼儿要是能匀给你四师弟一点就好了——不错，小潜，你猜得对，我扶摇派的血脉，早在多年前就断了，我是个死人。”

程潜牙关咬得太紧，一时间竟是“咯咯”作响，说不出话来。

木椿真人接着说道：“当时的掌门——我师父正在闭关的紧要关头，无暇他顾，大弟子蒋鹏走火入魔，堕入鬼道，我自不量力追踪而去，成了死于噬魂灯的第一个怨魂，只是托了他魔功未成的福，得以剩下一缕元神逃脱，落入一只因雷劫将死的小妖身上。”

北冥君脸上似有悲意：“你……”

木椿真人笑道：“小妖躯壳也没什么，就是这只太馋了点，看见鸡走不动路。”

北冥君低声道：“附在已死之物身上，你就不怕元神力竭，魂飞魄散再不能入轮回吗？”

木椿真人一拢袖子，低头扫了一眼自己的脚尖，满不在乎地学着北冥君的语气笑道：“不打紧。”

程潜忽然低声问道：“师父，经楼里你那幅画像是谁撕的？”

木椿真人一愣：“怎么，没收拾干净吗？那可能是我干的，元神在噬魂灯中受百鬼撕咬之苦，出来以后不免心怀怨气，再加上那小妖是个死物，刚开始不习惯，有那么一阵，我恐怕是神智不大清楚。小潜，师父是个死人，你怕不怕？”

他问得轻描淡写，程潜却觉得一口气哽在了胸中，他不吭声，一把抱住木椿真人的腰，用力将头埋在他怀里。

那胸膛温暖如昔……怎么会只是一缕元神呢？

木椿真人目光微动，轻抚着程潜的头顶，哄小孩似的在他后背上有一下没一下地拍着，说道："我刚落入一只黄鼠狼的身体，还不会用四条腿走路，连滚带爬地想去找我的师父，想告诉他师兄出事了，走火入魔，步入歧途，可是……"

北冥君一动不动地站在原地，落成了一道孤苦的阴影。

"可是我看见'四圣'围攻扶摇山，"木椿真人低声道，"这才知道，我那师父原来竟是个不世出的大魔。四圣乃当世大能，全落在扶摇山上，一路从扶摇山打到了这两百里开外的忘忧谷，惊动的天劫将这山谷烧成了一片火海，此后三年，寸草不生。四圣一死三重伤，我想，如果不是他们正好挑了你闭关的紧要关头动手，死在古树下的还不知道是谁。我见识不多，不知道师父您老人家不单入魔，还已经位列'北冥'，失敬。"

木椿真人的话说得不清不楚，蒋鹏为什么会走火入魔？为什么要害死他？北冥君又为什么走上了这条邪路？四圣是谁？他对这些个前因后果只字未提。要是平时，程潜一定会打破砂锅追问到底，可是此时，他已经全然顾不上了，只觉胸口被一团棉絮塞得严严实实，堵得他一口气上不去也下不来，恨不能号啕大哭一场。

这时，木椿真人温和但不容置疑地将他推开了，弯下腰，从地上捡起了一根树杈，树杈在他手中渐渐变形成了一把木剑，他往旁边走了几步，来到一片空地上，对程潜说道："扶摇木剑，你第二式学完了，今天为师将后面三式一起演示给你，要看仔细了。"

程潜没事总缠着木椿真人要学剑，又每每都会被师父揣一袋子糖果打发走，而今，师父终于要主动教他了，他心里却没有一点欢喜。

他明白，师父这是要离开他们了。

程潜怔怔地站了一会儿，眼泪突然像冲了大堤的洪水一样涌了出来，屏息也忍不住，咬破嘴唇也止不住。他从来没有这样哭过，哪怕是爹娘几钱银子就将他卖了，他也没掉过一滴眼泪。他有生以来第一次触碰到了这样深邃而无解的切肤之痛，一时间无从承受、无可发泄，将他时刻维系的面子掉了个干净。

水坑小心翼翼地伸手拉了拉他的衣摆，见程潜不理，也跟着大哭了起来。

北冥君哭笑不得道："小子，你刚才不是还无惧天地人么，怎么这会又开始哭鼻子？"

程潜拼命地忍着悲声，可是他发现忍得住喜怒，却无论如何也忍不住眼泪，视线依然不断地模糊又不断地清晰，他哽咽良久，说道："师父，我不学了，你不要教给我好不好？你……你是不想要我们了吗？”

木椿真人微微垂下木剑，想哄他几句，无奈又想起程潜不是韩渊，轻易糊弄不过去，便对程潜说道：“天也，命也，小潜，就算没有今天的机缘巧合，我也没有几年光景了，照样跟不了你们一辈子。”

他说着，将木剑横于胸前，利利索索地摆了个起手式，这一回，他没有念那可笑的口诀，也没有故意放慢速度。

第一式鹏程万里，少年人意气风发，有欲上青天揽明月的万丈雄心。

第二式上下求索，每个人的求索之路都将漫长而痛苦，含在目不斜视的刚硬剑招中，须得有百死不悔之心，百折不挠之气。

第三式事与愿违，等你终有通天彻地之能，才发现自己依然不过是洪荒的蝼蚁，悬在命运浪头的小小沙屋。

第四式盛极而衰，你会饱经起落，最后登临绝顶，然而花无百日、人无百年，到头来，仍然逃不脱这条源远流长的宿命。

第五式返璞归真……

程潜不由自主地回想起师父对他说过的一句话——“死了”和“飞升了”，有什么区别吗？

都是两处茫茫皆不见，从来处来，往去处去罢了。

他第一次看完整套扶摇木剑，脸上的眼泪还没来得及干涸。

木椿真人温声问道："看明白了吗？"

程潜固执地大声道："没有！"

"胡扯，再明白也没有了。"木椿伸手在他脑门上弹了一下，随即，他收敛了笑容，看着程潜道，"小潜，门规还记得吗？"

程潜双目通红，说不出话。

木椿真人轻声道："有罪无可恕者，需由同门亲自清理门户——此乃我派多有逆徒，却仍在仙家占有一席之地的缘由。"

程潜用力抹了一把眼泪。

木椿真人身上的袍袖忽然无风自动，脸色白得发青，隐隐似有火光从眉间闪过，他说道："虽说大道昭昭，理应清静无为，可是修行中人，本不该有违初心，既然酿成大祸，天理昭昭，必有一劫。"

北冥君面色坦然："我执掌门派八十年，确实愧对列祖列宗，也愧对你们师兄弟，因此以形神俱灭发下毒誓，以我三魂替门派挡三次大灾，小椿，你大可以不用亲自动手。"

木椿真人听了，既没有面露感激，也没有生出什么感慨，只是平平静静地答道："师父，若让你寿终正寝，那死在你手下的怨魂的公道又该如何呢？"

他的话音平稳，是一贯的温和有礼，程潜却觉得这是他听过的最让人心里发冷的话了。

接着，程潜看见空中有一排极复杂的符咒倏地闪过，不等他看清，就发出灼眼的光，豁然就是李筠嘴里神乎其神的“暗符”。北冥君不躲不闪，静立于原地，眯起眼睛望着那转瞬即逝、又融入天地的符咒说道：“以魂封魂。”

木椿真人虚指他道：“能封得住北冥君一魂，我这辈子也算值了。”

程潜睁大了眼睛，下一刻，他被一股大力推开，踉跄着跌在地上，眼前一黑，几乎是昏迷了片刻。

等他再睁眼，北冥君已经不见了，程潜看见一缕细细的黑雾被金光缠着，压到了木椿真人手上的旧铜钱上。

木椿真人除了拿着铜钱的手，周身已经透明了，那是元神行将消散的迹象。他跪下来，将铜钱埋在了古树下那尸骨旁边，笑眯眯地冲程潜招招手：“那黄鼠狼身上有一枚小印，你将它取下来。”

程潜好像打定主意要与他对着干，一动不动。

木椿真人笑意渐渐消逝，似乎想要抬手摸摸他的头，却发现自己的手穿过了程潜的头顶，只好轻声哄道：“那是我们扶摇派掌门印，你回去将它交给你大师兄，以后让他照顾你们。至于剑法……小潜，你该好好练练第二式了。”

末了，他深深地看了程潜一眼，嘴唇掀动，几不可闻地道：“师父走了。”

说着，他整个人便原地消散，散成了一把碎光，一头撞进了土里，再不见了踪影。

传言“上古有大椿者，以八千岁为春，以八千岁为秋”，因以“椿龄无尽”祝高堂慈父之圣寿绵长，可惜，人终究不是草木。

木椿真人将那枚铜钱埋进了土里，仿佛是亲手将程潜送入了下一个开端——每一代人的上下求索，都是从亲手将父辈埋进土里那一刻开始的。

卷一·鹏程万里·完